Kevin Brooks
Catherine Forde
I see you Baby …

© dtv

Kevin Brooks, geboren 1959, wuchs in einem kleinen Ort namens Pinhoe in der Nähe von Exeter/Südengland auf. Er studierte in Birmingham und London. Sein Geld verdiente er lange Zeit mit Gelegenheitsjobs. Seit dem überwältigenden Erfolg seines Debütromans ›Martyn Pig‹ ist er freier Schriftsteller. Für seine Arbeiten wurde er mit zahlreichen Preisen ausgezeichnet.

Catherine Forde, geboren und aufgewachsen in Glasgow, studierte Englische Literatur und Sprache. Nach Jobs als Lehrerin und Lexikografin arbeitet sie seit 2001 als Schriftstellerin. Seit 2008 schreibt sie vornehmlich Theaterstücke.

Uwe-Michael Gutzschhahn, geboren 1952, studierte deutsche und englische Literatur in Bochum und lebt als Übersetzer und Autor, Herausgeber und freier Lektor in München. Er hat alle auf Deutsch erschienenen Bücher von Kevin Brooks übersetzt.

Kevin Brooks
Catherine Forde

I see you Baby …

Aus dem Englischen von
Uwe-Michael Gutzschhahn

dtv

Ausführliche Informationen über
unsere Autoren und Bücher
www.dtv.de

Von Kevin Brooks sind bei dtv junior außerdem lieferbar:
Martyn Pig
Lucas
Candy
Kissing the Rain
The Road of the Dead
Being
Black Rabbit Summer
Killing God
iBoy
Live Fast, Play Dirty, Get Naked
Bunker Diary
Travis Delaney. Was geschah um 16:08?
Travis Delaney. Wem kannst du trauen?
Travis Delaney. Um Leben und Tod
Born Scared
Deathland Dogs
Johnny Delgado. Im freien Fall
Johnny Delgado. Der Mörder meines Vaters
Devils Angel. Ein gefährlicher Freund
Finn Black. Der falsche Deal

FSC www.fsc.org
MIX
Papier aus verantwortungsvollen Quellen
FSC® C019821

Deutsche Erstausgabe
2019 dtv Verlagsgesellschaft mbH & Co. KG, München

Titel der englischen Originalausgabe:
»I See You Baby …«, 2005 erschienen bei Barrington Stoke Ltd, Edinburgh

Umschlaggestaltung: dtv nach einer Idee von Kim Zambellini
unter Verwendung eines Fotos von gettyimages/Paul Bradbury
Gesetzt aus der Optima 11,5/15˙
Gesamtherstellung: Druckerei C.H.Beck, Nördlingen
Gedruckt auf säurefreiem, chlorfrei gebleichtem Papier
Printed in Germany · ISBN 978-3-423-71813-4

Für Anna

»Mein Rucksack ist total *durchnässt*«, jammerte sie. »Ich kann doch nicht mit einer nassen Tasche in den Bus nach Manchester steigen! Das absolute DE-SAS-TER! Meine ganzen Klamotten fürs Wochenende sind da drin. Alles hin. Jetzt kann ich nicht aufs *Rock Out*. Ich hab eine Freikarte und alles. Die sollten dich feuern für deine Tollpatschigkeit.«

Sally Mack

Rucksack-Girlie

»Ach, Miss. Ihr wunderschöner Rucksack ist ja ganz durchnässt. Diese Sally ist wirklich die *schlimmste* Kellnerin, die ich je in meinem Bistro hatte …«

Tante Rena hampelte immer noch um das Mädchen herum. Ich war inzwischen mit dem Putzen der ekligen Toiletten fertig und wieder zurück im Imbiss hinter dem Tresen. Tante Rena meinte wahrscheinlich, das Girlie mit seinem Rucksack würde ihrem Laden Klasse verleihen. Sie versuchte auf einmal ganz vornehm zu klingen. Wie konnte sie ihren schäbigen Imbiss bloß Bistro nennen? Wenn der Last Stop ein Bistro ist, dann bin ich ein Klon von J. Lo!

Tante Rena, du machst dich lächerlich, dachte ich und wünschte, ich könnte mich aus dem Staub machen.

Ich wünschte, ich könnte mich irgendwie zum *Rock out*-Festival schmuggeln. Den Job schmeißen. Dann würde ich für zwei Tage die ganze Scheiße hier auf dem größten Open-Air-Konzert dieses Sommers vergessen …

»Wenn *ich* diese Kellnerin wär«, sagte sie, »würd ich's einfach sein lassen und *sterben.*«

Die Stimmen von Rucksack-Girlie und ihren Freundinnen waren laut und unecht. Alle im Imbiss drehten sich um und schauten herüber. Versuchten mitzukriegen, was die drei sagten. Die alten Leute starrten die Mädchen an, als ob sie mit einem Raumschiff in den Last Stop gerauscht wären. Die drei waren anders als alle, die sonst in Tante Renas Imbiss aufkreuzten. Sie trugen keine Regenmäntel oder Anoraks. Sie waren nicht mit Discounter-Tüten beladen. Sie trugen weder flache Mützen noch Hörgeräte. Und keine von ihnen hatte Lockenwickler im Haar, so wie die alte Mrs McSween.

Die Mädchen waren aber auch nicht so wie ich. Rucksack-Girlie und ihre Freundinnen waren blond, gebräunt, aufgedonnert. Sie trugen enge Trägershirts. Selbst wenn ich ihre drei Shirts zusammennähen würde, würden sie nicht für eines meiner punkig funkigen T-Shirts reichen. Sie simsten auf superflachen Smartphones. Nahmen nur einen kleinen Bissen von dem kostenlosen Kuchen, den Tante Rena mich ihnen hatte bringen lassen. Danach schoben sie die Teller fort.

»Der Laden ist echt *ätzend*«, sagte eine der Blondinen. Sie hielt ihr Handy hoch und fotografierte die alten Leute. Klick. Dann machte sie ein Foto von mir. Sie kicherte.

»Es ist eklig hier«, sagte ihre Freundin kopfnickend und rümpfte die Nase, als wenn hier gerade alle gleichzeitig gefurzt hätten.

»Total«, sagte Rucksack-Girlie und nickte ihr zu. Dann starrte sie mich an.

»Lass uns verschwinden, bevor wir uns hier noch was holen«, sagte sie, während sie mich weiter anstarrte. Und dann stand sie auf und marschierte in Richtung Tür.

»Los, kommt, wir gehen Schuhe kaufen. Mummy hat mir haufenweise Geld mitgegeben«, sagte Rucksack-Girlie.

»Ist das nicht fürs *Rock Out*?«, fragte eine der blonden Freundinnen.

»Du hast doch sogar schon dein Busticket nach Manchester«, sagte die andere Blonde.

»Und triffst du da nicht deinen Bruder?«, ergänzte die erste Blonde. Sie zwinkerte Rucksack-Girlie zu. »Hey, und denk an die ganzen *heißen* Musiker, für die Crispin arbeitet!«

»Und was ist mit deinem Backstage-Ausweis?« Die erste Blonde zeigte auf den Rucksack. »Da kommst du doch echt mit *allen* zusammen.«

Rucksack-Girlie zuckte mit den Schultern. Dann

zeigte sie zu mir rüber und stampfte so fest auf, dass selbst mein Tablett klapperte. »Wie soll ich mich mit Rockstars treffen, wenn ich nach Kaffee stinke?«, schnaubte sie und riss die Imbisstür auf.

»Wie auch immer, ich hab jetzt jedenfalls Bock auf Shoppen«, sagte sie abschließend, warf den Kopf herum und marschierte nach draußen.

»Anstatt *Rock Out*?«, fragte die erste Blonde, während sie Rucksack-Girlie hinterherlief.

»Und was ist mit deinem Rucksack?«, rief die zweite Blonde. Sie schleppte das Monstrum aus dem Imbiss.

»Wach auf, Pippa!« Die Stimme von Rucksack-Girlie war hoch und laut. »Ich lauf doch nicht mit *dem* Teil da durch die Stadt. Lass ihn Sal-*liii* wegschmeißen. Sind sowieso nur lauter Sachen vom letzten Jahr drin. Wollte ich eigentlich beim *Rock Out* loswerden«, sagte sie. Und unmittelbar bevor die Tür zufiel, kickte sie den Rucksack mit dem Fuß zurück in den Imbiss. Er schlidderte über den Boden auf mich zu.

Keine Ahnung, ob Rucksack-Girlie mich wirklich treffen wollte. Ich weiß nur, dass ich mich gerade zu der alten Mrs McSween herabbeugte, als mir der Rucksack mit übler Wucht gegen den Knöchel stieß.

Volltreffer!

Ich taumelte.

Strauchelte.

Und der Teller mit heißer Linsensuppe, den ich servieren wollte, flog mir aus den Händen.

Tante Rena ließ nicht mal zu, dass ich mir die Suppe aus dem Gesicht wischte.

»Du bist gefeuert, Sally Mack«, sagte sie knurrend und schob mir einen 20-Pfund-Schein in die Hand.

Und dann warf sie mich mitsamt dem Rucksack aus ihrem beschissenen Imbiss.

Sally Mack

Im Innern des Rucksacks ...

Da stand ich also.

Ohne Job.

Mit 20 Pfund in der einen Hand.

Dem Rucksack von Rucksack-Girlie in der andern.

Und klumpiger Linsensuppe überall auf dem rosa Nylon-Outfit.

Muss echt ein super Bild abgegeben haben!

Auf keinen Fall konnte ich in diesem Zustand in die Öffentlichkeit. Also jagte ich in den Busbahnhof neben dem Imbiss, um mich sauber zu machen. Ich mitsamt dem Rucksack. Mann, war der schwer! Und so prall, dass ich ihn noch nicht mal durch die Toilettentür kriegte.

Also zog ich ihn stattdessen in den Wickelraum für Mütter mit Babys. Da wollte ich ihn einfach stehen lassen.

Aber als Erstes zog ich das scheußliche rosa Outfit aus und warf es in den Windeleimer.

»Werd dich vermissen!«, johlte ich, stieß mit der

Faust in die Luft und grinste in den großen, hohen Spiegel.

»I See You Baby …«, sang ich los. Doch dann sank mein Grinsen in die Form eines umgekehrten Hufeisens.

Mann, wie ich aussah.

Ich werd mit den Haaren anfangen. Die sind sowieso immer total chaotisch. Stehen seitlich ab und oben hoch. Echt unbändig und kraus und dazu noch schmutzig gelb. Das heißt bis auf die rosa gefärbten Stellen. Und die schwarz gefärbten. Jetzt hingen dank Rucksack-Girlie auch noch Linsen drin. Und oben wuchs Petersilie raus. Und kleingeschnittenes Möhrenzeug.

Die Möhren waren echt überall. Klebten zerquetscht zwischen den Schnürsenkeln meiner Vans. Flossen an meiner einzigen guten Jeans runter. Und mit dem Möhrenzeug fette Batzen Linsenschleim.

Während ich mir die Haare im Becken für Mütter mit Baby auswusch, musste ich sogar über mich selbst herziehen. Der einzige Teil meines Körpers, den ich suppenfrei gehalten hatte, war mein T-Shirt. Zum Glück. Denn ich hatte mein absolut coolstes Shirt an. Das erste, das ich je gemacht hatte. Das Shirt, das mich auf die Idee gebracht hatte, jede Menge punkige, funkige abgeschnittene T-Shirts zu nähen und damit Geld zu verdienen. Und eindeutig der Teil von mir, der im Moment am besten aussah.

Das T-Shirt sitzt wie eine zweite Haut. Es ist aus den Logos meiner Lieblingsbands zusammengenäht: von den *Sex Pistols*, von *Blondie, The Clash, Iggy Pop, Patti Smith*, den *New York Dolls*, den *Ramones* natürlich ... Ich hatte sie aus anderen T-Shirts ausgeschnitten und die Teile neu zusammengenäht.

Ich hatte das T-Shirt immer samstags zur Arbeit unter dem schwitzigen rosa Nylon-Outfit getragen. Es gab mir das Gefühl, das darunter noch die *echte* Sally Mack steckte. Unter dem schaurigen rosa Nylon. Irgendwann ganz bald würde sie vielleicht darunter hervorbrechen ...

»O Mann, die echte Sally Mack. Der absolute Loser«, sagte ich zu mir im Spiegel. Ich musste aufräumen, mich sortieren. Mir einen neuen Job suchen. Aber ich wusste nicht, wo ich anfangen sollte. Um nachzudenken ließ ich mich an der Wand runterrutschen.

Ich pflanzte meinen Hintern auf Rucksack-Girlies Rucksack.

Ein Rucksack mit lauter alten Sachen, hatte sie gesagt. *Den sie auf dem Rock Out weggeschmissen hätte.*

Ein Rucksack, den sie mir entgegengeschleudert hatte.

Ein Rucksack, der mich den Job gekostet hatte.

Ein Rucksack, den sie nicht wollte.

Ehrlich. Als ich in den Rucksack spähte, suchte ich eigentlich bloß was Sauberes zum Anziehen.

Nur deshalb zog ich nacheinander heraus …

Ohrstöpsel,
vier Päckchen Instant-Nudeln,
einen Reisekessel,
ein Reisebügeleisen,
ein Glätteisen,
zwei Rollen Klopapier,
Desinfektionsspray,
Feuchttücher,
ein Kuscheltier (echt!)
einen nagelneuen Schlafsack,
vier Spitzentangas
und den vollsten Kosmetikbeutel, den ich je im Leben gesehen hatte.

Ganz unten im Rucksack fand ich schließlich auch Jeans, von Diesel – zwei Paar. Beide eng geschnitten und längst nicht so zerschlissen wie die, die ich anhatte. Eine passende Jeansjacke gab es auch. Sah echt stark aus über meinem T-Shirt. Rockerbraut-geil. Und Schuhe. Super Cowboystiefel, keine

Keith Scully

Wen juckt's?

Du weißt doch, wie das ist, wenn man sich ewig auf was gefreut hat, und dann, wenn es endlich so weit ist, scheint es plötzlich gar nicht mehr so toll. Also, genau so ging es mir jedenfalls. Genau so fing mein Samstag an.

Ich heiße übrigens Keith Scully.

Als ich am Morgen zu Hause aufbrach, ging es mir ganz okay. Ich würd nicht behaupten, es ging mir *super* oder so, aber ich fühlte mich ganz okay. Die Sonne schien, mein Rucksack war gepackt und ich war auf dem Weg nach Manchester, um die beste Band der Welt zu sehen – die *Dead Holes*. Was konnte Besseres passieren?

Außerdem würde es keine Eltern, keine Lehrer, keine Regeln geben. Nichts, was einen runterzieht. Nur mich und meine zwei besten Kumpel – Danny und James – und ein langes Wochenende voller Musik und Wahnsinn.

Perfekt.

Ich war sogar ganz zufrieden mit meinem Aussehen. Meine weiße Lederjacke war so richtig schön speckig, meine Haare waren so richtig schön wild und alle Pickel hatten genau den richtigen Zeitpunkt gewählt, sich aus meinem Gesicht zu verabschieden.

Zu schön, um wahr zu sein?

Natürlich war es zu schön, um wahr zu sein. Wie immer.

Das Ganze fing an schiefzulaufen, als ich zum Bahnhof kam. Zunächst mal war alles total überfüllt mit ManU-Fans. Es waren Hunderte auf dem Bahnhof. Überall. Sie grölten, sangen und tranken. Ich hatte nicht wirklich Angst vor ihnen. Aber ich bin ja nicht dämlich. Ich weiß, was einige Leute denken, wenn sie einen Jungen in weißer Lederjacke sehen, die mit Abzeichen, Buttons und Aufnähern voll ist. Manche Leute denken: *Hey, lasst uns den Typen mal kurz zusammenschlagen*. Deshalb hielt ich lieber den Kopf gesenkt, als ich rüber zur Bahnhofsuhr ging.

Ich wollte mich dort mit Danny und James treffen. Zwölf Uhr, hatten wir gesagt. Um zehn nach zwölf war immer noch nichts von den beiden zu sehen. Und der Zug nach Manchester fuhr in zwanzig Minuten. Ich hatte bereits die Fahrkarten gekauft und Sitzplätze reserviert.

»Du besorgst die Fahrkarten«, hatte James zu mir gesagt, »und wir geben dir später das Geld zurück, einverstanden?«

»Ja, aber …«

»Was?«, fragte James.

»Na ja, ich hab auch schon die *Rock Out*-Karten besorgt …«

»Ja und wir geben dir das Geld dafür später zurück. Was ist dein Problem?«

»Nichts …«

»Ich mein, wenn's dir zu viel ist …«, sagte James.

»Nein«, antwortete ich. »Nein, schon gut. Kein Problem.«

Und da stand ich jetzt. Mr Kein-Problem, allein unter der Bahnhofsuhr, wartete auf Danny und James und versuchte zu gucken, als ob alles total in Ordnung wär. Ich schaute wieder und wieder auf die Fahrkarten und las, was dort stand. Ungefähr zum hundertsiebenundzwanzigsten Mal las ich: *Wagen C, Plätze* 22 *A,* 22 *B und* 23 *A.*

Der Lautsprecher verkündete, dass der Zug jetzt auf Gleis 5 eingefahren sei. Die Leute machten sich auf den Weg zum Bahnsteig. Langsam kam ich mir ziemlich dämlich vor.

Ich rief James von meinem Handy an. Nach einer Weile ging er dran.

»Ja?«, fragte er.

Ich konnte ihn nicht gut verstehen. Im Hintergrund lief der Fernseher. Er musste ihn sehr laut gestellt haben. Rings um mich rum auf dem Bahnhof grölten sich die Fußballfans die Lunge aus dem Leib: *COME ON YOU GOONERS ... AARRRSENOWUUUU ... AARRRSENOWUUUU ... AARRRSENOWUUUU ...*

»James?«, brüllte ich. »Ich bin's, Keith.«

»Was?«, schrie James zurück.

»Ich bin's, Keith.«

»Wer?« Auch James konnte mich nicht verstehen.

»Keith – Keith Scully.«

»Hey, Scully ...«

»Wo seid ihr? Der Zug fährt gleich.«

»Welcher Zug?«, fragte James.

»Der Zug nach Manchester ...«

»Manchester? Ach so, stimmt ... Manchester. Natürlich, die *Rock Out*-Sache. Klar. Ja, wir wollten dich deshalb auch noch anrufen.«

»Was?«, schrie ich.

»Wir wollten dich anrufen«, redete James weiter.

»Was soll das heißen?«

Er antwortete nicht. Er hatte die Hand über das Handy gelegt und sprach mit jemand anderem. Ich konnte nicht verstehen, was er genau sagte, doch ich hörte, wie er meinen Namen erwähnte. Und dann, wie jemand versuchte, nicht lauthals loszulachen. Das klang nach Danny.

»Scully?«, fragte James in den Hörer. »Bist du noch dran?«

»Ja – was ist los?«

»Nichts – wir schaffen es nicht, das ist alles.«

Ich hörte, wie Danny ihm zurief: »Sag Scully, es ist was dazwischengekommen, wir haben da was am Laufen.«

James lachte. Diesmal hielt er das Handy nicht zu. »Das *hättst* du wohl gern«, sagte er zu Danny.

Danny lachte wieder.

»Tut mir leid«, sagte James zu mir. »Wir haben bloß gestern so ein paar Mädchen getroffen und mit denen sind wir heute Abend noch mal verabredet.«

»Was für Mädchen?«

»Sind echt heiß, Mann. Ich mein, so *richtig* heiß. Da kann man einfach nicht nein sagen.«

»Ja, aber das Festival …«

»Tut mir leid, Mann. Vielleicht ein andermal, ja?«

»Und was ist mit den Karten?«, wollte ich gerade sagen, doch James hörte nicht mehr zu. Er hielt wieder die Hand auf sein Handy und redete mit Danny. Ich konnte sie hören. Ich verstand nicht, was sie sagten, aber ich hörte sie lachen. Im Hintergrund lief der Fernseher. Cat Deeley flachste herum und unterhielt sich mit den Jungs von *Westlife*.

Westlife?

Westlife?

Scheiße.

Wen juckt's?

Ich steckte mein Handy ein, nahm meinen Rucksack und lief zum Zug.

Wen juckt's?, sagte ich mir immer wieder, während ich den Bahnsteig entlanglief. *Wen juckt's, wenn sie nicht mitkommen. Mich nicht. Wieso soll mich das jucken? Wenn sie zu Hause hocken und diese beschissenen Typen von Westlife gucken wollen, na bitte? Ihr Problem. Wenn sie den Abend lieber mit ein paar heißen Mädchen verbringen wollen, statt die Nacht mit mir durchzumachen …*

Wen juckt's?

Natürlich machte ich mir bloß was vor. Tief im Innern wusste ich genau, wie sehr es mich juckte. Genauso wie ich wusste, dass Danny und James nicht meine besten Kumpel waren. Noch nie gewesen waren. Und nie sein würden. Nicht in tausend Jahren. Ehrlich gesagt, wir mochten uns nicht mal. Wir hatten überhaupt nichts gemeinsam. Sie interessierten sich nicht mal für die gleiche Musik. Ich bin mir gar nicht mal sicher, ob sie sich überhaupt für Musik interessierten. Wahrscheinlich wussten sie nicht mal, was *Rock Out* überhaupt war. Als ich davon gesprochen hatte, Karten zu besorgen, hatten sie maximal dran gedacht mitzukommen, falls ihnen für Samstagabend nichts Besseres einfiel.

Ich *wusste* es.

Hatte es die ganze Zeit gewusst.

Wieso juckte es mich dann?

Ich hatte keinen Bock rauszufinden, wieso.

Es war im Moment einfach alles zu viel.

Ich öffnete die Waggontür und stieg ein. Gerade noch rechtzeitig. Im selben Moment ruckte der Zug auch schon an und fuhr aus dem Bahnhof.

Keith Scully

Schlägertypen

Der Zug war voll. Unter anderem mit grässlich lärmenden Fußballfans. Ich brauchte eine Ewigkeit, um durch die überfüllten Waggons zu Wagen C zu kommen. Als ich endlich ankam, sah ich mich von den drei schaurigsten Schlägertypen der Welt umzingelt.

Schlägertyp eins war riesig – ein Bär von einem Kerl. Er hatte einen riesigen feisten Kopf, einen riesigen feisten Nacken und einen riesigen feisten Bauch, der sich über die Tischkante vor ihm wölbte.

Schlägertyp zwei neben ihm hatte eine gräuliche Haut, eingefallene Augen und im Nacken waren Totenschädel und Hämmer eintätowiert.

Schlägertyp drei war die weißeste Gestalt, die ich je in meinem Leben gesehen hatte. Total weiße Haut, total weiße Haare, total weißes T-Shirt, total weiße Jeans.

Überall auf dem Tisch standen Bierdosen und auf dem Fußboden Plastiktüten voller Flaschen. Ich saß da und schaute mich um wie ein Idiot. Im Wagen wurde es still. Die drei Schlägertypen sahen mich böse an.

»Was glotzte so?«, knurrte der Große.

»Wie bitte?«, fragte ich.

»Willste was?«

»Nein«, murmelte ich und versuchte zu lächeln. »Nein, ich hab nur …«

»Was?«

»Nichts«, sagte ich.

Einige andere Fans aus dem nächsten Wagen hatten wieder angefangen zu grölen. Immer schön im Takt knallten sie ihre Hände gegen die Scheiben. Es klang animalisch, wild und angsterregend.

»Schöne Jacke«, sagte der Schlägertyp mit den Tätowierungen zu mir.

»Was?«

Er beugte sich über den Tisch und grinste mir ins Gesicht. Sein Atem stank nach Bier und seine Zähne waren ganz gelb und schief. Mir sackte das Herz in die Hose. Der Albtraum ging los.

Wie heißte?, zischte er.

Keith, ja? Keith und wie weiter?

Smelly?

Ach so, Scully – ich dachte, du hättst Smelly gesagt. Ha, ha, ha. Wohin fährste, Keith?

Cock Out? Was soll das denn sein? 'n Schwulen-

Festival? Ha, ha, ha. Hast du deshalb die tuntige weiße Jacke an?

Hier, sauf 'n Bier.

Was sagste – du magst kein Bier? Jeder mag Bier. Jetzt mach schon, Keithie-Piefie, sauf.

Was soll das denn mit den ganzen Buttons auf deiner Jacke. Sind das Bilder von deinen schwulen Freunden?

Nee? Die was Holes? Dead Holes. Ist das 'ne Schwulen-Band? Tote Löcher?

Und wer ist das da?

Wer?

Kiefer was? Nee, noch nie gehört. Hey, guck mal, der hat genau so 'ne tuntige weiße Jacke an wie du … biste scharf auf den? War nur 'n Witz. Ha, ha, ha.

Komm schon, Keith, du säufst ja gar nicht dein Bier …

Stehste auf Fußball?

Und? Für wen biste?

Was sagste – für niemand?

Komm schon, Keith, du singst ja gar nicht.

AARRSENOWUUUU … AARRSENOWUUUU … AARRSENOWUUUU …

Los, kipp endlich runter, jetzt mach schon, hier haste noch 'n Bier.

Hey, Keith, weiß deine Mum, dasse schwul bist?

Ha, ha, ha.

Ha, ha, ha.

Ha, ha, ha, ha, ha, ha, ha …

Als ich endlich aus dem Zug ausstieg, war ich:

1. ein bisschen betrunken,
2. total genervt und
3. drauf und dran zu glauben, dass ich vielleicht wirklich schwul war.

Keith Scully

Zu früh

War ich schwul? Ich *war* ein bisschen betrunken und total genervt, aber ich hatte keine Ahnung, ob ich schwul war. War das wichtig? Ich meine, ist ja nichts Schlimmes, schwul zu sein. Nur, dass ich es einfach nicht bin. Noch nie war. Und auch nie sein werde, soweit ich weiß.

All die dämlichen Witze im Zug, das Ganze mit meiner weißen Lederjacke und den Buttons und schwulen Freunden und Tunten … irgendwie hatte ich plötzlich so ein komisches Gefühl deswegen.

Ich wusste, es spielte keine Rolle, ob ich schwul war. Aber trotzdem. Genau wie bei der Frage, ob Danny und James meine Freunde waren, wünschte ich mir, dass es mich einfach nicht juckte.

Wenigstens war die Reise aus der Hölle jetzt zu Ende. Die Schlägertypen marschierten zu ihrem ManU-Spiel und ich suchte nach den *Rock Out*-Bussen, die vom Bahnhof zum Festival fuhren.

Ich *war* nicht schwul.

Meine Jacke *war* nicht tuntig.

Die Buttons auf der Jacke waren keine Bildchen von schwulen Freunden. Das waren nur Buttons von den *Dead Holes*. Ich war nicht scharf auf Kiefer Shelley. Es hatte nur damit zu tun, dass die meisten Buttons ihn zeigten. Er war mein Lieblings-*Dead Hole*. Mir gefiel, wie er Gitarre spielte. Ja gut – dann klang sein Name eben ein bisschen wie meiner. Und er trug eine weiße Lederjacke wie ich …

Aber mehr war nicht.

Die Busse hielten am Ende vom Bahnhofsparkplatz an einem Pappschild, auf dem *Rock Out* stand. Es gab drei Busse. Die ersten beiden waren schon voll. Also musste ich in den letzten – der völlig leer war. Sobald ich eingestiegen war, schloss der Fahrer die Tür und ließ den Motor an. Der Bus entfernte sich langsam vom Bahnhof. Der Fahrer war ein kleiner Mann mit einem schmutzig-weißen Bart und glasigen Augen. Er hatte eine Pfeife im Mundwinkel hängen, doch das Ding war kalt. Auf dem Kopf trug er eine schwarze Motorradkappe. Irgendwie sah er aus wie ein geistesgestörter Kobold.

»Warten wir nicht noch auf andere?«, fragte ich ihn.

»Nein«, murmelte er. »Du musst dich hinsetzen.«

Ich ging nach ganz hinten und setzte mich.

Völlig allein.

Mir war irgendwie mulmig. Noch vor zwanzig Minuten im Zug hatte ich mir so sehr gewünscht, allein zu sein. Und jetzt, als ich es war, wollte ich unbedingt jemand zum Reden.

Nachdem der Bus ungefähr zehn Minuten gefahren war, fühlte ich mich etwas besser. Ich wusste nicht genau, wie weit es vom Bahnhof zum Festival war, aber wir waren schon an ein paar Schildern mit Pfeilen vorbeigefahren, die die Richtung zum *Rock Out* anzeigten.

Wir müssen ganz in der Nähe sein, dachte ich.

Noch zehn Minuten, fünfzehn Minuten … oder so.

Ich würde locker rechtzeitig ankommen, um die *Dead Holes* zu sehen. Keine Frage. Mich ganz nach vorne schlängeln, direkt vor die Verstärker, und hören, wie die Gitarren mir voll durch den Schädel heizten.

Es gab nichts, worüber ich nachdenken musste.

Nichts, worüber ich mir Sorgen machen musste.

Alles würde gut werden.

Es konnte jetzt gar nichts mehr schiefgehen …

Außer, der Bus ging kaputt.

Es passierte ohne jede Vorwarnung. In der einen Minute klapperten wir brav vor uns hin – mit vibrierendem Motor und zitternden Scheiben – und dann hörte auf einmal alles auf. Der Motor ging aus, alles wurde still und der Bus rollte an den Straßenrand und blieb stehen.

Eine Minute lang saß ich da. Ich wartete darauf, dass der Bus wieder ansprang, aber nichts passierte. Ich schaute aus dem Fenster. Wir waren auf einer langen geraden Straße mitten im Niemandsland. Es gab keine Gehwege, bloß steile Böschungen auf beiden Seiten der Straße.

Super, dachte ich.

Ich stand auf und ging nach vorn. Der Fahrer saß einfach bloß da und zog an seiner Pfeife.

»Was ist los?«, fragte ich. »Wieso haben wir angehalten?«

»Mann, Mann«, knurrte er. »Ich hab's denen immer wieder gesagt – die Dinger müssen repariert werden. Ich hab's ihnen gesagt.«

»Wer muss repariert werden?«

»Die alten Scheißbusse hier«, fuhr er fort. »Die taugen bei Regen nicht. Der Motor wird jedes Mal nass. Genau das hab ich ihnen gesagt.«

Ich schaute wieder aus dem Fenster. Es regnete nicht. Es hatte den ganzen Tag nicht geregnet.

»Und was machen wir jetzt?«, fragte ich.

»Nichts«, antwortete er schulterzuckend. »Auf den Abschlepper warten.«

»Wie lange dauert das?«

»Stunde ... vielleicht auch zwei. Der Abschlepper muss aus dem Depot kommen.«

»Zwei Stunden?«

Er sah mich wieder an. »Der Abschlepper muss aus dem Depot kommen.«

Ich konnte keine zwei Stunden warten. Wenn ich zwei Stunden wartete, würde ich die *Dead Holes* verpassen. Ich konnte keine weiteren zwei Stunden mit diesem knurrenden kleinen Koboldmännchen verbringen. Oder ich würde durchdrehen.

»Wie weit ist es bis zum Festival?«, fragte ich.

»Wie – zu Fuß?«

Nein, mit dem Flugzeug, dachte ich.

»Ja, zu Fuß«, sagte ich.

»Was weiß ich«, antwortete er, noch immer mit der Pfeife im Mund. »Nicht weit – ungefähr eine Meile.«

»Welche Richtung?«

Er nahm die Pfeife aus dem Mund und tippte damit gegen die Windschutzscheibe vor ihm. »Immer geradeaus«, sagte er. »Folg einfach der Straße. Du kannst es gar nicht verfehlen. Folg einfach dem Verkehr, bis du an eine ...«

Ich wartete nicht länger, um den Rest zu hören.

Keith Scully

Totale Veränderung

Also, ich muss da mal ein paar Dinge klarstellen.

Erstens: Ich mochte Kiefer Shelley nicht, weil sein Name ein bisschen wie meiner klang oder weil er so eine weiße Lederjacke wie ich trug. Nein, ich mochte ihn, weil er bei den *Dead Holes* spielte. Und die *Dead Holes* waren eine super Band und er war ein super Gitarrist.

Zweitens: Ich hab meine weiße Lederjacke schon getragen, lange bevor Kiefer mit seiner ankam. Ich hatte meine seit Jahren. Es war also nicht so, dass ich ihn kopiert hab oder irgendwas, klar?

Und drittens: Ich mochte die *Dead Holes*, weil sie laut und böse waren und meine Eltern sie nicht mochten. Ich mochte sie, weil sie eine Überzeugung hatten. Ich mochte sie, weil sie rockten.

Das dachte ich jedenfalls. Was als Nächstes passierte, zeigte mir einfach, wie sehr man sich manchmal irren kann. Du glaubst, du weißt alles über eine Band, aber das stimmt gar nicht.

Ich war etwa fünf Minuten die Straße entlanggelaufen. Endlich hatte ich das Festivalgelände so gut wie erreicht. Ich konnte es schon in der Ferne erkennen – jede Menge große Zelte, Massen von Menschen, die Bühnenbeleuchtung, Fahnen und Lastwagen voller Ausrüstung. Ich konnte es auch hören. Ich hörte das Wummern der Musik, auch wenn ich noch nicht die Songs erkennen konnte. Schlagzeug, Gitarren, den stampfenden Bass. Es klang total aufregend. Elektrisierend.

Ich ging schneller.

Es war viel Verkehr auf der schmalen Straße, alle fuhren zum Festival. Ich blieb dicht am Straßenrand, weil es keine Bordsteine gab. Gleichzeitig musste ich den vielen Autos aus dem Weg gehen, die alle an mir vorbeijagten. Aber wenn ich zu weit auswich, würde ich die steile Böschung runterpurzeln. Am Fuß der Böschung war alles total matschig und voller Nesseln. Und Dornengestrüpp. Und Kuhscheiße.

Und ich war immer noch leicht besäuselt.

Deshalb ging ich vorsichtig.

Ich achtete auf jeden Schritt.

Versuchte ruhig zu bleiben.

Versuchte das *Wuuusssch-wuuusssch-wuuusssch* der Autos zu ignorieren, die an mir vorbeirasten. Manchmal fuhren sie so dicht vorbei, dass sie mich fast berührten. Ich versuchte nicht dran zu denken,

mit getönten Scheiben. Die vorderen Fenster waren geöffnet und ich erkannte Dane (den Sänger) und John (den Bassisten) auf dem Platz neben dem Fahrer. Ich wusste nicht, wer am Steuer saß, und ich konnte auch nirgends Pete (den Schlagzeuger) sehen, aber Kiefer Shelley war da ...

Ich hatte ihn direkt vor Augen!

Er saß nicht im Bus, sondern stand am Straßenrand und schaute auf die Matschwiese runter ... ich konnte es echt nicht fassen!

Kiefer Shelley.

Träumte ich? Sollte ich ausgerechnet von den *Dead Holes* gerettet werden?

Ich schnappte mir die Tasche und wollte gerade wieder die Böschung nach oben klettern, als ich auf einmal hörte, wie Dane etwas sagte.

»... und wieso schmeißt du überhaupt deine Scheißtasche aus dem Fenster?«, brüllte er Kiefer an. »Was ist los mit dir?«

»Ich *wollte* sie ja gar nicht aus dem Fenster schmeißen«, erklärte ihm Kiefer. »Ich hab auf deinen Schädel gezielt.«

»Ach so – dann ist das Ganze also meine Schuld, was? Es ist also meine Schuld, dass du deine dämliche Scheißtasche verloren hast.«

»Das hab ich doch gar nicht gesagt. Außerdem,

was geht das *dich* an? Du hast doch gesagt, meine Jacke ätzt. Wieso kümmert es dich also, ob ich sie aus dem Fenster schmeiße?«

»Kümmert mich überhaupt nicht. Aber wir sind spät dran. Jetzt steig endlich wieder ein.«

»Nein, ich will meine Jacke …«

Sie stritten weiter und ich tauchte zurück hinter das Dornendickicht, damit sie mich nicht sahen. Ich brauchte Zeit zum Nachdenken. In meinem Kopf schossen jede Menge verrückte Infos herum.

Erstens: Ich lag am Fuß einer Böschung mitten im Niemandsland, weil Kiefer Shelley seine Reisetasche aus dem Minibus der *Dead Holes* geworfen hatte. Wie verrückt war *das* denn?

Zweitens: Entweder hatten sie keine Ahnung, dass mich Kiefers Tasche getroffen hatte, oder es war ihnen einfach egal.

Drittens: Sie klangen nicht wie eine Band mit einer wirklichen Überzeugung, sondern eher wie ein Haufen zehnjähriger Kiddies. Sie klangen wie die totalen Weicheier. Wie verzogene Gören. Arschlöcher.

Viertens: Nach allem, was ich sah, waren sie kein bisschen wie die *Dead Holes* angezogen. Die *Dead Holes*, die ich kannte, trugen zerrissene Jeans und Leder, aber keine weiten Sweatshirts und schöne saubere Stoffhosen.

Und schließlich: Die *Dead Holes*, die ich kannte, hatten keine hochnäsigen Stimmen. Sie sprachen raues, hartes Cockney-Englisch. Aber die *Dead Holes*, die ich da oben an der Straße sah, sprachen total akzentfrei. Es war nicht einfach merkwürdig, es war total *peinlich*.

Ich hörte John, den Bassisten. Der Typ klang noch hochnäsiger als die andern.

»Jetzt komm schon, Kiefer«, sagte er, »vergiss es. Da unten ist alles versifft. Schau dir den Matsch und das Ganze an. Ist doch nur eine Jacke. Du hast ja noch hunderttausend andere.«

»Ja klar, hunderttausend …«

»War sonst noch irgendwas in der Tasche?«

»Nicht wirklich …«

»Dann vergiss sie. Lass irgendeine arme Sau deine Tasche finden. Vielleicht rettest du dem traurigen Kerl seinen Tag. Komm schon, Kief, lass uns jetzt endlich weiterfahren. Je schneller wir den Gig hinter uns bringen, desto schneller kommen wir hier wieder weg.«

Ich wusste nicht recht, was ich empfand, als ich sah, wie Kiefer sich umdrehte. Er wirkte, als ob er total schmollen würde, während er zu dem schwarzen Minibus zurückging. Ich war wütend, ich war sauer. Ich fühlte mich enttäuscht und betrogen. Wie dämlich war ich eigentlich? Ich hatte geglaubt, die *Dead Holes* wären cool, aber in Wirklichkeit waren sie nichts weiter als grausige Hochstapler.

Kiefer war jetzt wieder eingestiegen. Die getönten Scheiben glitten nach oben. Ich hörte, wie der Motor startete, und dann fuhr der Minibus davon.

»*Dead Holes?*«, murmelte ich vor mich hin, während ich Kiefers Reisetasche öffnete. »*Dead Holes?* Ja, genau. Tote Löcher. Dreckige gefühlstote Arschlöcher. Allesamt.«

Ich zog Kiefers weiße Lederjacke aus der Tasche. Er hatte gesagt, er hätte hunderttausend davon ... vielleicht bedeutete ihm die hier ja gar nichts. War einfach bloß eine Jacke. Eine von seinen *vielen* weißen Lederjacken. Jacken, die er sowieso nur auf der Bühne trug.

Na gut, sagte ich mir. *Wenn er sie eben nicht will ...*

Ich zog meine eigene, von Kuhscheiße versaute aus und probierte die Jacke von Kiefer an.

Sie passte perfekt.

Trotzdem war ich immer noch sauer, als ich wieder in die Tasche griff. Sie war keineswegs leer. Es waren jede Menge Sachen drin – eine teure zerrissene Jeans, ein Ledergürtel mit Messingschnalle, ein paar Lederarmbänder, eine Kette, nagelneue zweihundert Pfund teure Turnschuhe ...

Jetzt konnte ich mir ein Grinsen nicht verkneifen.

Ich hockte mich hinter die Brombeerhecke und probierte alles an.

Bis auf die Schuhe – die ein paar Nummern zu klein waren – saß alles super. Ich warf die Schuhe fort. Dann leerte ich die Taschen meiner dreckigen alten Sachen und warf die versifften Klamotten in Kiefers Reisetasche. Meinen eigenen Krempel brachte ich in den herrlich sauberen Taschen meiner nagelneuen Kiefer-Shelley-Sachen unter.

Und dabei fand ich plötzlich den Backstage-Ausweis.

Er steckte in einer der Taschen seiner weißen Lederjacke, schön sauber in eine durchsichtige Hülle geschoben. Und es war nicht irgendein gewöhnlicher Backstage-Ausweis. Es war ein bedeutender, höchstpersönlicher Backstage-Ausweis.

KÜNSTLER, stand darauf.

KIEFER SHELLEY, stand darauf.

ZUTRITT ZU ALLEN BEREICHEN, stand darauf.

»Der passt für mich«, sagte ich.

Ich nahm den Ausweis aus der Hülle, schüttelte das rote Band heraus und legte es mir um den Hals.

Und dann machte ich mich auf Richtung Festival.

Sally Mack

Bloß eine aus der Menge

Da stand ich also. Ich war vier Stunden mit dem Bus gefahren und Tante Rena war inzwischen weit weg. Ich stand vor dem *Rock Out*-Festival.

Endlich!

Die Busfahrt war heiß, stickig und öde gewesen. Wie alle, die in dem Bus zusammengepfercht saßen, fieberte ich dem Ziel entgegen, und das nicht nur, weil ich dringend musste. Ich wollte endlich aufs Festival.

Ich konnte die Musik schon hören.

Sie *spüren*.

Die Drumbeats ließen den Busboden unter meinen Füßen vibrieren.

Zuckende Reggae-Riffs erhöhten meinen Pulsschlag.

Gitarrenklänge wirbelten, heulten und jaulten – waa waa waa …

Ich musste unbedingt raus aus dem Bus.

Aber so einfach war das nicht.

Denn vor den Eingängen zum Festival ballten sich

die Menschen zu Trauben. Als ich aus dem Bus stieg, versank ich in einem Meer aus Körpern und Rucksäcken, Zelten und Kühlboxen, Gitarren, Babys in Tragetüchern, Punks, Rockern, Hippies, Moshern und Gothics, Kiffern und pickligen Ska-Jungs … und sie trugen mich weiter, als ob ich von einer riesigen, stinkigen, schweißtriefenden Welle vorwärts gespült würde.

Es war ein ALBTRAUM.

Ich hatte das Gefühl, als ob ich laut schreien müsste.

Verstehst du, ich hörte jemanden singen. *Hey, ho, let's go! Hey, ho, let's go!* Das war aus dem Refrain meines Lieblings-Songs der Ramones. Das zu hören, war die reine Tortur! Es bedeutete, dass da drinnen, auf der anderen Seite der Absperrung, eine super Tribute-Band spielte. Und ich saß hier fest.

»Oh, kommt schon. Ich hab heute meinen Job verloren. Lasst mich aufs *Rock Out*«, stöhnte ich. In meiner Hand lag Sally Parks Ausweis für den ZUTRITT ZU ALLEN BEREICHEN. Ich hielt ihn fest umklammert. Starrte ihn an. Wünschte mir, dass ein Wunder geschah.

Ich muss es mir ganz schön fest gewünscht haben. Denn auf einmal machten die Leute Platz und ließen mich durch. Der Grund war das rechteckige

Kärtchen am roten Band, das mir um den Hals hing.

Gerade noch war ich zwischen einem Skinhead und einem Biker eingeklemmt gewesen und auf weniger als Nicole-Kidman-Format gequetscht worden.

Und jetzt …

Der Sicherheitstyp trat auf mich zu. Er wirkte wie aus schwarzem Beton geformt. Er war ein *Riese* und er trug das breiteste T-Shirt, das ich je in meinem Leben gesehen hatte. Vorne drauf stand: ROCK STEADY. Der ROCK-STEADY-Riese zeigte auf meinen Ausweis für den ZUTRITT ZU ALLEN BEREICHEN und sagte: »Lasst mal die Lady durch. Die ist ein VIP.« Seine Stimme dröhnte über die Massen hinweg wie Gott in so einem alten Kinofilm.

Übrigens, die »Lady«, von der der Riese sprach, das war *ich*.

Sally Mack

Fake

»Darf ich?«, sagte der Riese. Er schlang sich Rucksack-Sallys Rucksack auf den Rücken, als ob er leer wär. Dann half er mir durch den Eingang, auf dem **VIPs** stand. Und – wie cool war das denn – auf der anderen Seite des Eingangs lag ein *roter* Teppich. Er führte durch einen nicht öffentlichen Tunnel aufs Festival.

Vor mir ging ein dürrer Typ in der *weißesten* Lederjacke, die ich jemals in meinem Leben gesehen hatte. Er stolzierte über den Teppich, als ob er tatsächlich jemand Wichtiges wär.

Ich wartete darauf, dass die Weiße Lederjacke einem weiteren ROCK-STEADY-Riesen ihren Ausweis zeigte. Alle andern, die sich um den Haupteingang drängelten, um eingelassen zu werden, schauten herüber. Und nicht nur zur Weißen Lederjacke. Ich hörte deutlich, was einige sagten:

Der spielt doch in dieser Band …

Wie hießen die noch mal?

Und die da kenn ich auch …

Die ist echt bekannt …

Schau doch mal ihre Haare an.

Ich find das T-Shirt geil.

Und er ist echt WAHNsinn!!!

Aber sie ist ganz schön fett, findst du nicht?

Ich konnte es kaum glauben! Es gab sogar Leute, die fotografierten. Weiße Lederjacke. Und *mich!*

Weiße Lederjacke musste wohl ein echter VIP sein. Ich betrachtete seine Klamotten genau. Seine Jeans musste ein Vermögen gekostet haben – so viele Schlitze, wie die hatte. Die Jacke selbst war so weiß, dass man eine Sonnenbrille aufsetzen musste, um hinzuschauen. Sie war kurz. Hauteng. Auf Taille geschnitten. Total girlie-haft. Nur ein Star konnte *so* rumlaufen. Weiße Lederjacke lief aber auch wie ein echter Promi. Seine Bewegungen hatten etwas von Robbie Williams, vermischt mit Liam Gallaghers typischem Beleidigter-Gorilla-Schleppgang. Dazu hatte er die dürren Mick-Jagger-Rockstarbeine und null Hintern. Er hatte eine metallicschwarze Reisetasche dabei. Der Typ *musste* ein VIP sein.

Bis auf die Schuhe. Die *passten* einfach nicht.

Weiße Lederjacke trug gammelige VANS. Genau die gleichen, die ich am Busbahnhof weggeworfen hatte. Nur noch viel schäbiger.

Vielleicht wollte er ja so richtig Rock'n'Rollmäßig aussehen, indem er was echt Altes trug. Oder vielleicht hatte er entzündete Fußballen und brauchte große, breite Schuhe, so wie ich.

Er ging zielstrebig durch den Tunnel – ein echter VIP.

Nicht wie ich, Sally Mack.

Bei mir war alles bloß *fake*. Genau wie in dieser Fernsehshow, in der du vorgibst, jemand zu sein, der du gar nicht bist. Nur Sally Parks Ausweis für den ZUTRITT ZU ALLEN BEREICHEN machte mich zu einem VIP.

Aber hey, ho, bisher kam ich ja damit durch.

»Willkommen, Miss Park, das Essenszelt ist da rechts. Also viel Spaß!«, sagte der ROCK-STEADY-Riese. Er gab mir meinen Rucksack zurück und deutete den Tunnel hinab.

»Danke«, antwortete ich. Konnte er hören, wie mein Magen knurrte? Ich hatte so einen Hunger, dass mir die Knie schlotterten. Das Einzige, was ich in den letzten vier Stunden gegessen hatte, waren ein Kaugummi und zwei meiner Fingernägel. Bei dem Gedanken an kostenloses Essen muss es meinen Kopf durcheinandergewirbelt haben, denn bevor ich den Tunnel betrat, drehte ich mich noch mal um und winkte. Nicht bloß dem ROCK-STEADY-Riesen. Ich winkte auch der Menge.

Und weißt du was?

Die Leute winkten zurück.

»Du bist super«, rief jemand.

Totaler Schwachsinn, ich weiß. Was ist denn so super an jemandem, nur weil er auf einem roten Teppich steht und du nicht? Aber trotzdem. Mal was Nettes über mich zu hören ... das stieg mir echt schneller in den Kopf als Wodka mit Red Bull.

Eine innere Stimme raunte mir zu: *Na los, mach schon, Sally. Tu weiter so, als ob du jemand Wichtiges wärst. Tu so, als ob, Mädchen!*

Und das machte ich.

Ich ging betont lässig-locker. Versuchte Weiße Lederjacke nachzumachen. Schwang die Arme wie er. Versuchte was rüberzubringen.

»Hier bin ich – Sally Park. Fashion-Queen. Stylistin der Stars«, flüsterte ich vor mich hin. Und ich drehte mich noch einmal um und schenkte der Menge ein letztes strahlendes VIP-Lächeln, ich wirbelte in Sally Parks hochhackigen Cowboy-Stiefeln um die eigene Achse.

Großer Fehler.

Ich machte viel zu viel auf einmal. So tun als ob. Lächeln. Den riesigen Rucksack schleppen. Lässig-locker wirken. Die Arme schwingen. *Rockaway Beach* mitsummen. Und das alles in Stiefeln machen, in denen ich kaum richtig gehen konnte. Auf hungrigen Beinen …

Kein Wunder, dass ich stolperte.

Ich war ja schon immer tollpatschig gewesen – aber das, was als Nächstes geschah, war echt hardcore, selbst für meine Verhältnisse.

Die Cowboy-Stiefel wirbelten mich zu schnell um die eigene Achse. Wiiiiiiiiiih!

Ich verlor das Gleichgewicht.

Ich schwang so schnell herum, dass mir der Rucksack davonflog …

Er flog durch die Luft …

Booaaaaah!!!

… und knallte der Weißen Lederjacke voll in den Rücken.

Im selben Moment sackten die Beine unter mir weg. Ich stürzte nach vorn über den roten Teppich, hinein in den Tunnel. Ich war das Zweite, was Weiße Lederjacke traf.

Der Arme hatte überhaupt keine Chance.

Seine Reisetasche flog in die eine Richtung, er in die andere. Und ich landete klatsch-bum! voll auf ihm drauf.

Zum Glück fing ein Teppich seinen Sturz ab.

Zuerst dachte ich, ich hätte ihn umgebracht. Ich schwöre, er hat echt nicht mehr geatmet. Er lag einfach bloß unter mir. Verdammt still. Seine Augen waren geschlossen. Sein Gesicht *fast* so weiß wie seine Jacke. Eine *nagelneue* Jacke. Am Reißverschluss hing noch das Armani-Etikett.

Scheiße!, dachte ich.

Ich versuchte, mich von ihm runterzurollen, doch es ging nicht. Sein ZUTRITT-ZU-ALLEN-BEREICHEN-Ausweis hatte sich mit meinem ZUTRITT-ZU-ALLEN-BEREICHEN-Ausweis verheddert. Wir hingen aneinander fest. Und ich quetschte den armen Jungen platt.

»Tut mir leid … äh … Kiefer«, sagte ich. Ich versuchte, den Namen auf seinem Ausweis zu lesen, während ich das Schild von meinem löste. Dann las ich, was unter dem Namen stand.

KÜNSTLER, las ich.

KIEFER SHELLEY.

KÜNSTLER.

Verdammte Scheiße! Der Typ *war* ein echter Rockstar. Ich hatte zwar noch nie von ihm gehört – er war zu jung und zu schön für mich –, aber nichtsdestotrotz war er ein Rockstar.

»*Und* er ist tot«, sagte ich würgend. Ich schob ungefähr zehn Leder-Armbänder zu Seite, um seinen Puls zu finden. Was, wenn dieser Kiefer-Typ ein Megastar war? Rockstars sterben wegen Drogen, Alkohol, schneller Autos, heikler Verstärker. Sie ersticken an ihrem Erbrochenen. Aber keiner stirbt, weil ihn irgendeine tollpatschige Null wie ich mit gefaketem VIP-Ausweis unter sich plattquetscht.

Selbst wenn er tot war, Kiefer Shelley war ziemlich süß. Er hatte dichtes dunkles Haar, so schön durcheinander, wie ich es bei Jungs mag. Total süßer Mund. Lange, gebogene Wimpern … sooo süß.

Das war nicht gut. Wenn Kiefer Shelley wegen mir ein toter Star war, dann war auch ich so gut wie tot. Seine weiblichen Fans würden mich umbringen. *Und die männlichen auch*, überlegte ich, während ich ihn noch genauer ansah. Jeder, der *so* süß war und *so* eine weiße Jacke trug, die *so* weich war, und dazu eine dämliche Traumfänger-Kette umhängen hatte, stand auf Mädchen *und* Jungs.

»Scheiße!« Ich geriet in Panik. Kiefer Shelley hatte sich immer noch nicht bewegt. Sollte ich wirklich Mund-zu-Mund-Beatmung machen?

Es war verlockend. *Sehr* verlockend.

Es passierte schließlich nicht jeden Tag, dass Sally Mack einen süßen, hilflosen Rockstar festnageln konnte. Aber was, wenn Kiefer aufwachte, während ich gerade seine Mandeln kitzelte?

Der würde doch vor Schock sterben. Oder mich anzeigen.

Ich beschloss, ihn nicht zu küssen. Stattdessen rief ich laut: »HILFE!«

Doch niemand hörte meinen Schrei.

Kein Wunder.

Denn gerade als ich »HILFE!« schrie, ging dieser scheußliche LÄRM los.

Heilige Scheiße!

Es tat in den Ohren weh. Der Sänger konnte nicht singen. Die Gitarren waren verstimmt. Der Schlagzeuger hatte kein Rhythmusgefühl. Der Song war schlecht. Und so laut, dass er Tote aufweckte.

Wirklich, ganz *ehrlich*, so laut, dass er Tote aufweckte.

Sally Mack

Kiefer Shelley kommt wieder zu Bewusstsein

Ich mach keinen Witz – der Lärm weckte tatsächlich Tote auf. Kiefer Shelley schoss hoch, als hätte er einen Elektroschock bekommen. Er warf mich auf den Rücken. Auf einmal wurde *ich* plattgedrückt.

»Die *Dead Holes*!«, schrie mir Kiefer ins Gesicht. Sein Atem stank ein bisschen nach schalem Bier, aber er war nicht mehr tot. Ehrlich gesagt, er war sehr lebendig. Als er merkte, dass *ich* unter ihm lag, rappelte er sich so schnell auf, dass er glatt den Weltrekord im Fliehen vor einem hässlichen Vogel geschafft haben muss. Es sah ein bisschen aus, als ob ihm schlecht würde. Sein Atem ging viel zu schnell.

Ich rief: »Nein, du bist nicht in einem Totenloch. Du lebst. Auf dem *Rock Out*. Du bist KIEFER SHELLEY und ich hab dich umgeworfen. Nicht bewegen.« Es war schwer, gegen den Lärm der schrecklichsten Band, die ich je gehört hatte, anzuschreien. Doch Kiefer Shelley sprang in die Luft.

»Dead Holes, Dead Holes – Anthem for Hate«, skandierte er.

Danach lief er weiter, raus aus dem Tunnel. In Richtung Lärm. Er war noch ziemlich wackelig auf den Beinen. Seine Augen waren ganz glasig. Und er brüllte dieselben Worte wie der Kerl, der sich auf der vordersten Bühne die Lunge aus dem Hals schrie. Diesen ganzen Scheiß von wegen zustechen und sterben vor Schmerz.

Mann, Sally Mack, sagte ich mir. *Hast du ein Glück, dass du nicht da warst, als die Idioten im Fernsehen gesungen haben.* Nicht dass der Typ vorn am Bühnenrand sang. Er *schrie* bloß in schrecklichem Cockney-Englisch in sein Mikro, als ob ihm irgendwas fürchterlich stinken würde. Klang wie Prinz William als Punksänger. Er war auch angezogen wie Prinz William, in modischem Rugby-Shirt und gebügelter Khakihose.

Armer Kiefer Shelley. Ich machte mir echt Sorgen. Was, wenn er durch mich ein Schädel-Hirn-Trauma bekommen hatte? Was meinte er nur die ganze Zeit – dieses ganze Gebrabbel von wegen *Dead Holes*? Und dann einfach wegzulaufen? In diesem Zustand durfte er doch unmöglich so dicht ran an den scheußlichen Lärm. Er sollte besser irgendwo sein, wo es ruhig war. Jemand sollte sich um ihn kümmern.

»Hey, Kiefer! Jemand muss sich um dich kümmern«, rief ich.

Ich nahm seine Tasche und meinen Rucksack und folgte seiner weißen Lederjacke. Dieser Teil der Aktion war einfach. Die Jacke war so weiß und leuchtend, dass man sie unmöglich übersehen konnte. Schwierig war nur, mir einen Weg durch die Tausende von Ska-Jungs zu bahnen. Sie sangen alle in wütendstem Cockney mit der schlechtesten Band der Welt mit. Hinzu kam, dass ich einen gebrochenen Stiefelabsatz und zwei Stücke Gepäck hatte.

Schließlich fand ich Kiefer. Er war in sehr schlechter Verfassung, direkt vor der Menge, gegen die Bühne gequetscht. Er lag auf den Knien. Die Augen geschlossen. Er rollte den Kopf hin und her. Und – oje – er spielte Luftgitarre.

Kein Wunder, dass alle ringsum auf Kiefer starrten. Auf ihn zeigten. Lachten. Zwei Jungen versuchten sogar, ihn auf die Bühne zu drängen.

Ich machte nicht lange rum.

»Komm schon«, rief ich. »Lass uns zusehen, dass du hier wegkommst, Kiefer.« Ich stieß die Jungs mit der Reisetasche und meinem Rucksack aus dem Weg.

»Ihm ist schlecht, ihr Arschlöcher«, fauchte ich.

Und dann zog ich Kiefer fort von dem elenden, schrecklichen Gesinge.

Ich war streng mit ihm. Gott sei Dank bin ich stark, denn der arme Kiefer wollte nicht, dass ich ihm half. Er kämpfte den ganzen Weg über gegen mich an. Warf mir Sachen an den Kopf, die ich lieber nicht wiederhole. Trat mir gegen den Schenkel. Es tat sauweh.

Aber mir war ja klar, alles war meine Schuld. Ich hatte ihn bewusstlos geschlagen.

Aus *Emergency Room* weiß ich, dass ein Schlag auf den Kopf einen aggressiv machen kann – du kämpfst gegen jeden, der dir über den Weg läuft. Deshalb hielt ich nur den Ärmel der weißen Lederjacke fest und zog Kiefer in Richtung des VIP-Zelts, wo es zu essen und zu trinken gab.

»So, jetzt setz ich dich erst mal irgendwo hin, wo es ruhig ist. Damit du wieder weißt, wo du bist. Und ich pass auch auf, dass du die nächsten vierundzwanzig Stunden wach bleibst«, versprach ich Kiefer. Die zwei ROCK-STEADY-Türsteher winkten uns ins VIP-Zelt.

»Viel Glück für die Solokarriere, Mr Shelley«, sagte der erste, als er Kiefer sah.

»Der wird mehr als Glück brauchen, der Wichser. Der hat doch null Talent«, glaubte ich den zweiten

ROCK-STEADY-Riesen seinem Kumpel zuflüstern zu hören, während ich Kiefer ins Zelt zog.

»Ha, ha. Steht jetzt auf hässlich, wo er die Band verlassen hat«, kicherte der erste ROCK-STEADY-Arsch. »Guck dir die Tussi mal an. Aus welcher *Dead-Hole*-Totengrube hat er die denn ausgebuddelt?«

Autsch, dachte ich. *Über wen ziehen die denn her?* Ich drehte mich um, ob noch ein anderer VIP hinter mir war. Aber die zwei meinten eindeutig mich. Ich fühlte mich plötzlich ganz wackelig auf den Beinen, irgendwie total schwummrig. Vielleicht lag es ja daran, dass ich mich so schnell umgedreht hatte. Oder vielleicht hatte ich auch einfach nur Hunger.

Einen Moment lang ließ ich Kiefer los. Und genau da ergriff er seine Chance und befreite sich von mir.

Es war ziemlich dunkel im VIP-Zelt. Viel los. Und die Luft war extrem heiß. Überall diese fetten Kerle in ihren Anzügen. Sie standen herum, tranken Wein und rauchten Zigarren. Sahen aus, als müssten sie eigentlich in einer Bank arbeiten und nicht auf einem Sommer-Rockfestival rumhängen.

Ich sah nur einen einzigen Menschen, der wie ein Rock 'n' Roll-VIP aussah. Er trug zerrissene Jeans und eine weiße Lederjacke. In beiden Händen hielt er eine Flasche Bier und lungerte vor dem Tisch rum, auf dem diese Berge von Essen standen.

Es gab Curry und Kuchen, Kebabs und Sandwiches, Pudding, Pasta, Naschzeug und Nüsse. Das totale Gelage! Mein Magen jaulte auf.

Kiefer Shelley nickte dem Kellner zu. »Ich nehm was davon. Viel davon. *Sehr* viel.« Seine Stimme klang plötzlich ganz komisch und verschwommen in meinem Kopf, als ich sah, wie sich sein Teller füllte. Ich spürte, wie ich mich zombiehaft auf den Tisch und das ganze Essen zubewegte.

»Gut. Dann geht's dir wohl wieder besser ...«, sagte ich zu Kiefer.

Doch plötzlich gaben meine Beine zum zweiten Mal an diesem Tag nach.

Keith Scully

Eine Verrückte auffangen

Kennst du das, wie es sich anfühlt, wenn man aus einem Traum aufwacht? Alles ist plötzlich wieder real, doch du hast keine Ahnung, was läuft. Und du weißt auch nicht, wo du bist. Du weißt bloß, du träumst nicht mehr, aber es scheint, als ob du es trotzdem noch tust.

Naja, genau so fühlte ich mich jedenfalls in diesem VIP-Zelt. Als ich mich umdrehte und dieses völlig verrückt aussehende Mädchen vor mir herumtaumeln sah. Ich war echt komisch drauf.

Mein Kopf fühlte sich merkwürdig an, so als wenn ich gerade k.o. gegangen wär. Keine Ahnung, wo ich war. Einen Moment lang war ich mir nicht mal sicher, *wer* ich war. Ich wusste meinen Namen nicht mehr – Shelley? Kelly? Smelly? Es war total unwirklich.

Aber das Mädchen vor mir, das war echt. Ich hatte sie schon mal gesehen. Aber ich wusste nicht, wo und wann. Und ich hatte auch keine Ahnung, was sie hier machte.

Nicht, dass ich viel Zeit hatte, drüber nachzudenken.

Das verrückte Mädchen hatte jetzt aufgehört zu taumeln. Urplötzlich knickten irgendwie ihre Beine weg und sie kippte um. Mit dem Kopf in meine Richtung. Ich wusste nicht, was ich tun sollte – aber ich wusste, irgendwas musste ich tun. Ich konnte doch nicht einfach blöd rumstehen, oder? Gibt ja nicht täglich die Chance, ein fallendes Mädchen aufzufangen. Auch wenn sie leicht verrückt wirkt.

Also ließ ich alles los, was ich in den Händen hatte, trat einen Schritt vor und packte das Mädchen, als es nach vorn kippte.

Sie sank in meinen Armen zusammen wie ein Sack. Sie regte sich nicht. Sie lehnte schwer an mir, das Gesicht an meine Brust gedrückt. Ihr lippenstiftroter Mund sabberte auf meine Jacke. Jetzt wusste ich erst recht nicht, was ich tun sollte. Allein schon, wo ich mit meinen Händen hin sollte. Auf ihren Rücken? Auf ihren Kopf? Unter ihre Arme? An die Taille. War alles ein bisschen anzüglich, wenn du verstehst, was ich meine. Ihr Körper war an mich gepresst und ihre Hände drückten gegen meine Schenkel … ich konnte den Gedanken nicht unterdrücken, dass sie, auch wenn sie ein bisschen verrückt wirkte, trotzdem irgendwie ziemlich heiß war.

Verrückte Wuschelhaare.
Dickes Gothic-Make-up.
Coole Augen.
Geile Lippen.
Enge Jeans.
Hübsche Beine.

Ja gut, im Moment wirkte sie ein bisschen neben der Spur. Und vielleicht war sie ein bisschen mollig, aber das juckte mich nicht. Nicht die Bohne juckte mich das.

Ich steh auf mollig und neben der Spur.

Weshalb mir plötzlich ein bisschen komisch wurde.

Und dann, um alles noch schlimmer zu machen, rutschte sie mir langsam aus den Armen und glitt an meinem Körper hinab. Ihr Lippenstift hinterließ einen breiten roten Streifen auf meiner Jacke. Wenn ich sie nicht blitzschnell irgendwo festhielt, würde das Ganze für uns beide nur *noch* peinlicher …

Deshalb packte ich sie. Ich hielt sie unter den Armen fest. Und dann zog ich sie langsam wieder hoch. Für einen Moment dachte ich, ich hätte sie fest im Griff, doch plötzlich spürte ich, wie sie von Neuem wegsackte, also musste ich ganz schnell die Hände bewegen, um sie besser halten zu können …

Und da schlug sie die Augen auf.

»Verdammt, was soll das?«, spie sie und versuchte sich von mir zu befreien. »Nimm deine Finger weg, du dreckiger kleiner Grapscher!«

Ich *glaube*, das hat sie gesagt. Sie sprach mit wütender Stimme und starkem schottischem Akzent. Die Worte schossen mit Lichtgeschwindigkeit aus ihrem Mund. Sie war immer noch ein bisschen benebelt und sabberig, was es nicht gerade leicht machte, sie zu verstehen. Wütend + sabbernd + schottisch = HÄÄÄ???? Was ich hörte, war bloß: *Verammtaaassollas? Nimmeieffingeg duDRECKIGERKLEINERGRAPSCHER!*

Ich trat einen Schritt zurück und hielt die Hände hoch. Ich versuchte, cool zu bleiben und sie irgendwie ein bisschen zu beruhigen. »Ich hab nichts gemacht«, erklärte ich ihr. »Ich hab dich nur …«

»Nur was?« *(Nuwaa?)*

»Wie bitte?«, fragte ich. Ich hatte nicht verstanden, was sie gerade gesagt hatte.

»Du wolltest nur was?«

»Hä?« Ich verstand sie immer noch nicht.

Sie seufzte. »Du hast gesagt, du hast nichts gemacht.«

»Hab ich auch nicht. Ich wollt dich nur …«, fuhr ich fort.

»Was? Du wolltest nur was?«, brüllte sie.

»Das will ich dir doch die ganze Zeit sagen, aber du lässt ...«

»Ich lass was?«

»... mir ja keine Chance.«

»Ja?«, höhnte sie. »Dann entschuldige, dass ich dir bei deiner dreckigen kleinen Grapschorgie keine Chance gelassen hab.«

»Ich hab dich nicht *begrapscht.*«

»Nein?«

»Du bist ohnmächtig geworden«, erklärte ich.

Das brachte sie einen Moment lang zum Schweigen. Ihr Mund bewegte sich weiter, aber es kam nichts mehr raus. Ich sah, wie die Wut langsam aus ihren Augen verschwand. Und sie wirkte jetzt auch ein bisschen verlegen.

»Ich bin *ohnmächtig* geworden?«, fragte sie leise.

»Und mir direkt in die Arme gefallen«, antwortete ich grinsend.

»O Gott«, murmelte sie. »Ich bin ohnmächtig geworden. Ich kann's nicht fassen. Ich *ohnmächtig* ...« Und dann hob sie die Hand an den Kopf und warf mir einen komischen Blick zu. Es war, als ob sie sich plötzlich an etwas anderes erinnerte, etwas, das sie noch verlegener machte.

»Vielleicht liegt es ja an der Luft«, sagte ich. »Ist

einfach zu heiß hier drinnen. Mir war auch etwas schwummrig.«

»Was?«

»Schwummrig ... ein bisschen schwindelig«, erklärte ich.

Danach sah sie mich lange an. Sie sagte nichts und überlegte angestrengt. Ich konnte förmlich hören, wie es in ihrem Kopf arbeitete.

Schließlich sagte sie: »Du erinnerst dich nicht, oder?«

»Woran?«, fragte ich.

»Schon gut«, antwortete sie mit einem Lächeln. »Vergiss es.« Sie trat mit ihrem breiten Lächeln einen Schritt auf mich zu und streckte die Hand aus. »Sally Park. Ich bin Stylistin.«

Ich runzelte die Stirn, während ich ihre Hand schüttelte.

»Stylistin der Stars«, sagte sie. »Hey, pass auf, das Ganze tut mir sehr leid, Kiefer. Du weißt schon, dir einfach so ohnmächtig entgegenzufallen und alles ... und dann auch noch pampig zu werden. Gott, du musst ja glauben, ich bin der letzte Idiot.«

»Überhaupt nicht«, murmelte ich.

Als Nächstes dachte ich darüber nach, dass sie mich Kiefer genannt hatte. Und ich erinnerte mich an den Ausweis um meinen Hals, den mit dem Namen

Kiefer Shelley. Es fühlte sich wieder so an, als wäre ich gerade aufgewacht und würde mich nicht mehr so richtig erinnern, was alles passiert war. Langsam ging ich die Dinge im Kopf noch mal durch – der Minibus, wie ich getroffen wurde, hinfiel, noch mal getroffen wurde, wieder hinfiel … und dann irgendwas, das mit den *Dead Holes* zu tun hatte.

»Wann bist du dran?«, fragte Sally in meine Überlegungen hinein.

»Was?«

Sie schüttelte den Kopf und stellte die Frage erneut, diesmal ganz langsam. Sie sprach mit mir, als ob ich kein Englisch verstehen würde. Oder bescheuert wär. Oder beides. »Wann … bist … du … dran?«

»Wo dran?«

»Auf der Bühne. Wann spielst du?«

»Was denn spielen?«

Sie grinste mich an und schüttelte den Kopf. »Fang nicht schon wieder damit an …«

»Womit soll ich nicht anfangen?«, fragte ich.

Einen Moment lang sahen wir uns an, dann lachten wir los wie die Irren. Ich bin mir nicht sicher, ob wir wussten, worüber wir eigentlich lachten, aber irgendwie schien das egal.

Wir lachten einfach.

Und es war ein ziemlich gutes Gefühl.

Keith Scully

Herumgewirbelt

Nachdem wir aufgehört hatten zu lachen, holten wir uns was zu essen und ein paar Flaschen Bier und trugen alles an einen kleinen Tisch ganz hinten im Zelt. Sally hatte etwa drei Tonnen Essen auf einem winzigen Teller gestapelt. Sie humpelte auf einem abgebrochenen Stiefelabsatz herum, als wir zu dem Tisch gingen, und immer wieder rutschten Fleisch- und Salatstücke von ihrem Teller und fielen zu Boden.

Sobald wir saßen, schob sich Sally schaufelweise Kuchen und Kebab in den Mund. Ich konnte überhaupt nichts dagegen machen, ich musste sie einfach ansehen.

»Fwaaf if?«, fragte sie.

»Nichts«, antwortete ich und lächelte höflich.

»Ich verhungere«, erklärte sie mir. »Das ist der Grund, wieso ich umgekippt bin.«

Danach schaufelte sie weiter, so schnell sie nur konnte, Essen in ihren Mund.

Ich nagte an ein paar Häppchen und sah mich im Zelt um. Es war heiß und dunkel und die Luft schwer von dem Zigarrenrauch. Lauter fette Männer in fetten Anzügen standen da und dazu ein paar dünne Frauen in dünnen Kostümen. Sie redeten alle SEHR LAUT – *O JA … ABSOLUT … HA HA … JA OH JA … BLA BLA … BLA BLA BLA.* Ab und zu schaute einer von ihnen zu mir rüber, heuchelte ein Lächeln und schaute wieder weg.

Im Hintergrund hörte ich, wie die *Dead Holes* ihre neue Single herausdröhnten: *You Kill Me.*

Ich wusste immer noch nicht genau, was mit mir passiert war. Doch dann erinnerte ich mich langsam wieder – wie ich die Böschung runtergestürzt war, mir Kiefers Ausweis gegriffen hatte, beim Festival ankam … und danach musste irgendetwas passiert sein, wovon ich eine Weile ohnmächtig geworden war …

Und nun saß ich hier – in einem großen, dunklen Zelt, zusammen mit einem verrückten Mädchen, das Sally Park hieß. Doch sie gefiel mir.

Ich sah sie wieder an. Sie aß immer noch – jetzt Curryhuhn und Schokolade –, doch inzwischen ein bisschen langsamer. Sie hatte die Augen geschlossen, dachte an das Essen, deshalb konnte ich sie mir gründlich anschauen.

Sie hatte so ein merkwürdiges Gesicht, nicht schön oder hübsch und doch richtig toll. Je länger ich sie anstarrte, desto toller war es. Ehrlich gesagt, alles an ihr war super toll. Ihr Gesicht, ihre Figur, ihre gefärbten wuscheligen Haare. Außerdem trug sie ein echt cooles T-Shirt, so ein schäbiges zusammengenähtes Teil aus lauter Logos von alten Punkbands. Total cool … und total eng.

»Gefällt's dir?«

Ich schaute schnell hoch. Ich musste sie ein bisschen *zu* sehr angestarrt haben. Ich spürte, wie ich rot wurde.

»Das T-Shirt, mein ich«, sagte Sally, während sie sich ein paar Essenskrümel aus dem Gesicht wischte.

»O ja … ja, echt super.«

»Ist von mir.«

»Wie, ist von dir?«

Sie schenkte mir ein Lächeln. »Selbst gemacht. Ich hab doch gesagt, ich bin Stylistin. Du weißt schon, Klamotten und so.«

»Oh, verstehe«, sagte ich. »Sty*listin*.«

»Genau das hab ich gesagt.«

»Und du hast *das* da gemacht?«, fragte ich und nickte in Richtung Shirt.

»Ja.« Sie knöpfte ihre Jeansjacke auf, damit ich es besser sehen konnte. »Meine Lieblings-Bands«, erklärte sie. »Die *Pistols*, die *Ramones* … die könnten dem Haufen da draußen echt noch 'ne Menge beibringen.«

Mit dem Haufen meinte sie die *Dead Holes*. Ich hörte sie immer noch im Hintergrund dröhnen.

»Heilige Scheiße«, sagte Sally. »Die sind so schlecht, dass es schon fast wieder lustig ist. Ich meine, *Anthem for Hate*? Kann ich echt nicht drüber lachen. Was wollen die denn hassen? Ihre reichen Mamis und Daddys? Ihr schickes Zuhause. Ihre scheißtollen Autos?« Sie sah mich an. Hörte auf. Und dann sagte sie: »Du magst die doch nicht etwa, oder?«

Ich wusste nicht, was ich drauf antworten sollte, sah sie bloß an, mit offenem Mund und den Kopf voller kreiselnder Gedanken. Fragen. Antworten. Fragen. Antworten. Fragen.

Frage: Wenn sie glaubt, ich bin Kiefer Shelley, wieso fragt sie mich dann, ob ich die *Dead Holes* mag?

Antwort: Vielleicht weiß sie gar nicht, wer Kiefer ist?

Frage: Und woher weiß sie, dass ich die *Dead Holes* mag?

Antwort: Vielleicht hab ich es ihr gesagt, als ich ohnmächtig war.

Frage: Okay. Was ist mit den andern Leuten hier im Zelt? Diesen ganzen fetten Männern und dürren Frauen, die mich dauernd ansehen? Glauben die, ich bin Kiefer? Aber wer, glauben sie, spielt dann da draußen gerade bei den *Dead Holes* die Gitarre?

Antwort: Hör doch mal hin ... klingt das etwa nach Kiefers Gitarre?

Frage: Nein ... echt nicht. Das ist nicht Kiefer. Das ist jemand anderes, der die Gitarre spielt. Was soll das alles?

Antwort: Weiß der Himmel.

»Kiefer?«

Ich blinzelte und schaute über den Tisch hinweg zu Sally.

»Alles in Ordnung mit dir?«, fragte sie. Sie wirkte irgendwie besorgt.

»Ja, Entschuldigung ... alles okay. Mein Kopf fühlt sich nur einfach noch etwas komisch an. Mir wird immer wieder ein bisschen schwindelig.« Ich sah ihr ins Gesicht. »Die Hälfte der Zeit weiß ich nicht genau, was ich tue.«

»Verstehe ...«, antwortete sie. Sie betrachtete mich wieder und nickte, als ob das, was ich gerade gesagt hatte, irgendwie Sinn ergab. Aber ich wusste immer noch nicht, *wieso* es Sinn ergab ...

Doch Sally schien es durchaus zu verstehen.

»Und«, fuhr sie mit einem weiteren Lächeln fort, »meinst du, du schaffst es aufzutreten?«

»Aufzutreten?«

»Du weißt schon … was immer du da oben machst …« Sie sah mich ein bisschen schüchtern an. »Tut mir leid, ich hab keine Ahnung, was du machst. Ich meine, ich sollte, ja klar … aber ehrlich gesagt, bei vielen von den neuen Sachen bin ich nicht so auf dem Laufenden. Irgendwie mag ich die alten Bands lieber.«

»Ja«, sagte ich. »Geht mir genauso.«

»Echt?«

»Ja.« Ich schaute schnell auf ihr T-Shirt, um ein paar Namen zu bekommen. *»Blondie, The Crash,* die *New York Rolls …«*

Sie fing an zu lachen.

»Was?«, fragte ich.

»Es heißt *Dolls – New York Dolls.* Und es heißt nicht *The Crash*, sondern *The Clash.*«

»Ja«, murmelte ich. »*Weiß* ich. Ich hab nur …«

»Du hast nur was?«

Ich sah sie an. Sie lachte nicht böse und sie machte sich auch nicht lustig. Sie wollte nicht, dass ich mich schlecht fühlte. Sie wollte einfach nur mit mir rumflachsen – und das war okay.

»Also gut, war gelogen«, sagte ich mit einem verlegenen Grinsen. »Ehrlich gesagt hab ich von den meisten Gruppen noch nie was gehört.«

»Irgendwie war mir das klar.«

Ich zuckte mit den Schultern und grinste wieder.

Sie lächelte und steckte sich eine Tomate in den Mund.

Wir sahen uns an.

Ich hatte mich noch nie im Leben besser gefühlt.

Sally hörte auf, mir weitere heikle Fragen zu stellen. Was hatte sie plötzlich vor? Und wieso? Sie sprach auf einmal über Dinge, die sich nicht *nur* um Kiefer drehten. Es ging um alles Mögliche – Musik, Klamotten, Fernsehen, Leute. Es waren keine super aufregenden Gespräche – ehrlich gesagt weiß ich das Meiste schon gar nicht mehr –, aber zumindest fühlte es sich echt an.

Und genau das war das Problem. Was war echt und was nicht?

Ich mochte Sally langsam richtig gern und ich glaube, sie mochte mich auch irgendwie. Das Problem war nur: Ich wusste nicht, welches Ich ihr an mir gefiel.

Mochte sie mich, weil ich Kiefer war?

Oder mochte sie mich, weil ich ich war?

Wenn ich ihr gefiel, weil ich ich war, war alles okay. Aber erfahren würde ich das nur, wenn ich ihr die Wahrheit erzählte. Und wenn ich ihr die Wahrheit erzählte und sich herausstellte, dass sie mich mochte, weil ich Kiefer war, bestand die große Wahrscheinlichkeit, dass ich am Ende doch wieder allein blieb ... mich in den Arsch gekniffen fühlte ... mich einfach nur scheiße fühlte ...

Wie Keith.

Verstehst du, was ich meine?

Ich wollte nicht Kiefer sein, aber ich wollte mich auch nicht wie Keith fühlen.

Was sollte ich also tun?

Ich war noch auf der Suche nach einer Antwort, als Sally plötzlich aufhörte zu reden und über meine Schulter starrte. Ihr Mund stand sperrangelweit offen, ihre Augen waren auf einmal riesig.

»O Scheiße«, flüsterte sie.

Ich drehte mich um und sah, dass ein schwerer blonder Typ mit dämlich gewellter Frisur hinter mir stand. Er beugte sich vor und schaute auf den Ausweis um Sallys Hals. Auch er trug einen Ausweis um seinen Hals.

BAND SECURITY stand auf dem Ausweis.

CRISPIN PARK stand auf dem Ausweis.

ZUTRITT ZU ALLEN BEREICHEN stand auf dem Ausweis.

Crispin?, überlegte ich.

Crispin *Park*?

Wie in Sally Park?

Ich drehte mich wieder zu Sally um und wollte sie

fragen, wer der Typ war. Doch ehe ich irgendwas rausbrachte, hörte mein Herz auf zu schlagen und die Worte blieben mir im Hals stecken. Auch hinter Sally stand jemand ... jemand, der auf den Ausweis um *meinen* Hals schaute. Jemand in einer weißen Lederjacke.

»O Scheiße«, krächzte ich.

»Hey, Kiefer«, grinste der echte Kiefer. »Schön, dich endlich kennenzulernen.«

Sally Mack

Den Schauer spüren

Typisches Sally-Mack-Pech.

Klar. Hätt ich ja gleich wissen müssen, dass das alles zu viel Glück war, um wahr zu sein.

Dass Kiefer Shelley und ich zusammenfinden …

Wir stehen in einer dunklen Ecke des VIP-Zelts.

Kippen Freibier. Reden.

Schauen uns in die Augen.

Bringen uns gegenseitig zum Lachen.

Wir sind uns irgendwie so nah gekommen, dass sich unsere Arme berühren. Du weißt, wie sich das anfühlt, wenn einem so etwas plötzlich passiert?

Du hast keine Ahnung, wie oder wann oder warum. Aber irgendwie ist es okay.

Mehr als okay. Viel mehr.

Kiefers weiche weiße Jacke reibt gegen meinen T-Shirt-Ärmel. Streift die Härchen auf meinem Arm. Ich rieche das edle Leder, vermischt mit dem Geruch nach ihm. Seinem Shampoo, Gel, Deo und einem kleinen bisschen Schweiß. Und alles ist einfach nur …

Also, einfach nur absolut *schön*, um das schrottige Wort zu benutzen.

Aber es war *schön*.

Und sexy.

Kiefers Bein drückt gegen meins. Und er strahlt Wärme aus. Ich fühle mich wohl bei Kiefer, wer immer er verdammt noch mal sein mag. Und *wenn* er irgendein Wrong-Direction-Pin-up mit falsch gepeilter Tolle à la Harry Styles wär. Ich hab das Gefühl, das ganze VIP-Essen und -Trinken hat genau das Richtige bewirkt. Dass ich mich echt super fühle. Sogar super aussehend. Denn – und jetzt lach nicht, aber – ich krieg diese Schwingung von Kiefer Shelley. Verstehst du, ich laber ihn voll über den Scheiß-Imbiss.

Über Tante Rena.

Darüber, wie gern ich T-Shirts mache.

Wie ich nicht ohne meine Lieblingsmusik leben kann.

Wie Kiefer unbedingt die Sachen hören muss, die ich mag, bevor es zu spät ist …

Und er hört mir zu.

Sagt: *Ja, Sally. Vielleicht kannst du mir ja was brennen, Sally. Wär echt super, Sally …*

Inzwischen wünsch ich mir, ich hätte ihm nichts anderes erzählt. Nicht diese *Lügen* von wegen, dass ich Stylistin der großen Stars bin. Denn Kiefer lächelt mir in die Augen. Kein bisschen gelangweilt. Er sieht mich die ganze Zeit immer nur unter seinen schönen langen Wimpern hindurch an. Selbst als ich rülpsen muss. Und ich weiß so genau, wie ich weiß, dass ich keine Stylistin irgendwelcher Stars bin, dass Kiefer Shelley mich mag, wie ich bin. Und ich denke:

Sally Mack, wenn dieser süße Typ nicht bald auf dich drauf hüpft, musst du dich wohl noch ein zweites Mal auf ihn werfen. Und diesmal **bekommt** *er Mund-zu-Mund-Beatmung, aber so richtig mit allem, was du zu bieten hast …*

Ein *Schauer* läuft mir über den ganzen Körper.

Die Haare im Nackenansatz kitzeln. Kiefer und ich, unsere Köpfe berühren sich fast. Wir stehen vor dem entscheidenden Moment. Dem ersten und besten Stück auf dem Weg, sich richtig nah zu kommen.

Wenn die Zeit sich verlangsamt. Man sich küsst.

Und nichts, *nichts* im galaktischen Raum es mehr aufhalten kann …

Sally Mack

Supergau

Nichts kann diesen ersten Kuss mehr aufhalten ... Es sei denn, dein Scheißname ist Sally Mack.

Und irgend so ein blonder Schlägerfressen-Typ reißt dich mit deinem ZUTRITT-ZU-ALLEN-BEREICHEN-Ausweis zurück auf die Füße.

»Verzeihung«, schnaubt der blonde Schlägerfressen-Typ. »Kann ich dich mal kurz sprechen?«

Ich würge.

Mir ist total klar, wer der blonde Typ ist. Ich muss gar nicht erst den Namen auf seinem Ausweis lesen. Seine hochnäsige Stimme plärrt jetzt in sein Walkie-Talkie.

»Sicherheitsalarm hier, ja. Nur zwei Kiddies, ja ...«

Dann streicht er seine schlaffen blonden Haare nach hinten, um an mir rauf und runter zu gaffen, als wär ich Kotze am Stiel. Genau der gleiche Blick, den mir seine Schwester heute Morgen entgegengeschleudert hat.

Ja.

Crispin Park mag vielleicht Arme wie Baumäste haben und einen Stiernacken und Bodybuilder-Muskeln, die unter seinem ROCK-STEADY-T-Shirt schwellen, trotzdem kann er nicht verbergen, dass er aus derselben stinkreichen Familie stammt wie Rucksack-Sally.

»Du bist nicht Sally Park. Das ist der Ausweis von meiner Schwester. Und das ist auch ihre Jacke. Und das da ist mein Pfadfinder-Rucksack. Du miese Betrügerin!«, brüllt mir Crispin ins Gesicht.

Verdammte Scheiße! Das einzig Vernünftige an seiner Stimme ist, dass sie die Schrott-Band übertönt, die wieder ihr *Anthem of Hate* brüllt. Crispin schreit so laut, dass sich sämtliche fetten Anzüge und dünnen Kostüme im VIP-Zelt umdrehen und zu uns rüberstarren. Uns anfunkeln. Ts, ts, ts machen. Ich höre, wie ich versuche zu antworten:

»Hey, ich hab *überhaupt* nichts geklaut, Mann. Deine Schwester hat mit ihrer dämlichen Tasche nach mir geworfen. Das hat mich meinen beschissenen Job gekostet ...« Crispin steht jetzt platsch vor mir, weshalb ich um ihn herumschielen muss, um zu sehen, was Kiefer über das Ganze hier denkt. Hat er diesen hochnäsigen Arsch von Crispin gehört, wie der voller Hohn dem ganzen scheiß *Rock Out*-Festival verkünden musste: »Du bist nicht Sally Park.«

Hilfe!, denke ich. *Was wird Kiefer machen, wenn er herausfindet, dass ich genauso unecht bin wie Michael Jacksons Nase?*

Ich schiebe mich um Crispin herum, damit ich mit Kiefer reden kann. Ich muss ihm das erklären.

Aber Kiefer sieht mich nicht einmal an.

»Scheiße«, sage ich. »O Scheiße.«

Er schaut durch Crispin hindurch, als ob er einen Geist gesehen hätte.

»Kiefer …«, fange ich wieder an, aber Crispin baut sich erneut vor mir auf. Er packt den ZUTRITT-ZU-ALLEN-BEREICHEN-Ausweis, der mir um den Hals hängt.

»Raus!«, sagt Crispin und zieht an mir. Ich muss würgen, so fest reißt er an dem Ausweis. Ich drehe mich, um den Ausweis los zu werden. Ich ducke mich, damit er über den Kopf rutscht … Und da ist Kiefer wieder.

Für einen winzigen Moment sieht es so aus, als ob wirklich Kiefer dort stehen würde. Ich sehe seine leuchtend weiße Lederjacke. Die abstehenden Haare.

Aber der Typ hat keine zerrissenen Jeans an. Nee, echt.

Wir reden hier von einem völlig anderen Typen.

Größer. Älter. Hässlicher.

Er trägt eine Gitarre in Form eines Maschinengewehrs.

Tragisch, oder?, denke ich. *Was für eine traurige Gitarre.*

»Schön, dich endlich kennenzulernen«, sagt der neue Kiefer gedehnt zu meinem Kiefer. Er schlägt seine Hände auf die Schultern von meinem Kefer und nagelt ihn am Boden fest. Der Typ klingt noch angefressener als Crispin. Und seine Stimme ist noch hochnäsiger.

»Was soll das, Mann?«, brüllt der hochnäsige Kiefer meinen Kiefer an, als wenn der Dreck wär. »Ich verlasse für zehn Minuten die Band und schon nimmst du meinen Platz ein? Klaust meine Sachen? Wir mussten extra eine neue Jacke aus Mailand einfliegen lassen. Du hast doch nicht wirklich gedacht, dass du mit dieser Scheiße durchkommst, Junge, oder?«

Er schaut meinen Kiefer an, so wie Crispin *mich* angeschaut hat. Nur dass mein Kiefer nicht wirklich Kiefer ist, oder?

»Okay, okay. Ich bin Keith Scully«, stöhnt mein Kiefer, als Kiefer Shelley seine Maschinengewehr-Gitarre in Keith' Unterleib rammt.

»Schon besser«, feixt Kiefer Shelley. »Und warum bist du angezogen wie ein *Dead Hole*, Keith Scully?«

»Weil du das ganze Zeug aus dem Auto geworfen hast«, stöhnt Keith.

Keith Scully sieht *mich* an, als er das sagt, nicht Kiefer Shelley. Vielleicht, weil ich die Einzige bin, die sich die Mühe macht, ihm zuzuhören. Der echte Kiefer Shelley macht sie sich nicht.

»Halt die Klappe, halt die Klappe, halt die KLAPPE«, brüllt Kiefer Shelley in Keith' Gesicht. »Weißt du, dass ich da draußen Tausende Fans hab, die mich unbedingt sehen wollen, Mann? Aber ich kann nicht auf die Bühne, weil so ein Hänfling wie du die Sachen da trägt«, schreit er und zerrt Keith den ZUTRITT-ZU-ALLEN-BEREICHEN-Ausweis über den Kopf. Und dann benutzt Kiefer Shelley seine Gitarre, um Keith aus dem VIP-Zelt zu stoßen.

Da draußen steht eine Mauer aus ROCK-STEADY-Riesen. Mit verschränkten Armen.

»Er gehört euch«, sagt Kiefer Shelley grinsend.

Und dann ist er auf und davon. Stolziert zur nächstgelegenen Bühne, die Gitarre hoch in die Luft gehoben.

Jetzt hör ich ihn auf der Bühne. »Hal-lo *Rock Out*. Seid ihr gut drauf?«, brüllt er.

Ein RIESIGER Jubel bricht außerhalb vom VIP-Zelt los, doch ich seh nicht, was draußen abgeht. Ich seh nicht mal Keith Scully. Bloß Crispin Park.

Er reißt an meinem T-Shirt. Er packt meinen Rucksack.

»Das ist meiner!«, sagt er, aber ich halte den Rucksack nur umso stärker fest. Den kriegt der Scheißtyp nicht wieder. Ich trete den Rucksack aus seiner Reichweite. Deshalb packt er stattdessen meinen Arm. Reißt ihn in meinem Rücken nach oben.

»Raus, du Betrügerin«, brüllt Crispin. Verdammte Scheiße! Er tut mir weh. Ich trete und zerre, bis er mich loslassen muss. Ehe er noch mal zugreifen kann, schnappe ich mir Kiefers Reisetasche und den Rucksack und schlage mit beiden Teilen um mich, damit Crispin nicht an mich rankommt.

»Leg dich nicht mit mir an, Freundchen«, sag ich. Und dann, plötzlich, flutet dieser GRAUSIGE Lärm die Luft. Jemand SCHREIT. Es klingt, als wenn irgendein armer Kerl einen gewaltigen Stromschlag kriegt.

Ich weiß, wer das ist. Kiefer Shelley muss inzwischen auf der Bühne sein. Oje, ich glaub, ich hör, wie er über Kobolde jault. Ich wette, er hat die Beine so weit gespreizt, dass ihm gleich die Hose kracht, und er zuckt mit den Hüften, als ob ihn in seinem Untergeschoss etwas beißt. Und er spielt seine Maschinengewehr-Gitarre über Kopf.

»So ein Idiot. Diese *Dead Holes* nerven«, sage ich laut. Wenn ich nicht die Tasche und den Rucksack dabei hätte und mich abmühen würde, von Crispin wegzukommen, könnte ich wahrscheinlich auch lachen.

Aber lustig ist hier überhaupt nichts.

Und es war auch nicht lustig, auf *einem* Absatz aus dem *Rock Out* vertrieben zu werden. Und ich trage einen großen prallen Rucksack und eine schwere Reisetasche. Und das Einzige, was ich will, ist stehenbleiben und jemanden suchen. Schauen, ob mit ihm alles okay ist.

Doch ich seh weit und breit keinen Keith Scully. Er ist nicht vorm VIP-Zelt. Aber die weiße Lederjacke ist da. Sie liegt auf dem Boden.

Blutig.

Zertrampelt.

Wie ein totgefahrenes Tier.

Mir wird übel, als ich sie sehe. Und noch mehr wird mir übel, als ich draußen vor dem Eingang zum *Rock Out* stehe. Ich setze mich auf den Rucksack und drücke Keith' Tasche an mich.

»Wo bist du, Keith?«, flüstere ich. Ich ziehe den Reißverschluss der Tasche auf. Wie groß ist die Chance, dass er dort drin versteckt liegt? Stattdessen liegt eine zerschlissene weiße Jacke drin. Mit lauter Abzeichen, Buttons und Aufnähern. Und sie stinkt nach Kuhscheiße. Ich halte sie eng an mein T-Shirt.

Keith Scully

Die tollste Sache der Welt

Weißt du, wie das ist, wenn man sich sein ganzes Leben wie ein Stück Dreck gefühlt hat, und dann kommt jemand und macht, dass man sich plötzlich gut fühlt? Weißt du, wie sich das anfühlt? Es fühlt sich an wie die tollste Sache der Welt. Als ob überhaupt nichts anderes mehr zählt. Es gibt einfach nur noch DICH und deinen JEMAND und sonst nichts.

Nichts anderes zählt mehr.

Genauso war es. Als Kiefer mir mit seiner Gitarre dorthin schlug, wo es so richtig wehtut, und mir den Backstage-Ausweis vom Hals riss – es zählte nicht. Als mich die ROCK-STEADY-Typen aus dem VIP-Zelt stießen und mich durch Hunderte kreischender *Dead Holes*-Fans führten – es zählte nicht. Als sie mich zum Ausgang zerrten und mich rauskickten – es zählte nicht. Als ich Kiefers Jacke auszog, zu Boden warf und mich danach umdrehte und den ROCK-STEADY-Typen den Stinkefinger zeigte – es zählte nicht. Aber dann plötzlich kam einer hinter mir her und holzte mit hundert Sachen durch den Schlamm, wie so ein ausgerastetes Rhinozeros …

Ja, gut, das zählte natürlich.

Aber nicht lange.

Ich schaffte es auf eine riesige Wiese mit Tausenden parkender Autos und das Rhinozeros gab ziemlich schnell auf. Ich versteckte mich hinter einem SUV und sah, wie der Typ am Rand der Wiese stehen blieb. Er stand einen Moment da und schaute böse. Er spannte seine Riesenarme, während er über die Wiese blickte, dann knurrte er irgendwas in sein Funkgerät, machte kehrt und stampfte zurück zum Festival-Eingang.

Mein Herz hämmerte wie verrückt.

Ich bekam keine Luft.

Meine Beine zitterten.

Ich musste mich setzen und atmete ein paar Mal tief durch.

»Scheiße«, sagte ich.

Es war Kuhscheiße. Und ich saß mitten drin. Auch meine Nase blutete. Kiefer musste sie getroffen haben, als er mir den Ausweis über den Kopf riss. Ich war überall voller Blut und ich hockte in Scheiße.

Aber weißt du was?

Es zählte nicht.

Das Einzige, was zählte, war Sally.

Ich machte mir ein *bisschen* Sorgen wegen ein paar ganz anderen Dingen. Wer war die echte Sally? Wieso hatte der breite blonde Typ sie als Betrügerin bezeichnet? Und was dachte sie über mich und dass ich ihr vorgespielt hatte, Kiefer Shelley zu sein? Doch als ich aufstand, zum Eingang rüberschaute und sah, wie der breite blonde Typ sie aus dem Festival warf, wusste ich, dass nichts davon zählte.

Sally kämpfte, schrie und fluchte wie eine Verrückte. Eine schöne Verrückte.

Und als ich sah, wie sie meine alte weiße Jacke aus der Tasche nahm und an sich drückte, da wär ich echt beinah gestorben.

Die breiten ROCK-STEADY-Typen hingen noch immer am Eingang rum. Wenn ich Sally jetzt rufen würde, würden die mich sicher hören und dann wären sie gleich aufs Neue hinter mir her. Und wenn sie mich schnappten, würden sie mir höchstwahrscheinlich die Scheiße aus dem Leib schlagen.

Ich dachte ungefähr eine Sekunde über all das nach, dann holte ich tief Luft und rief wie ein Irrer.

»SALLY! HEY, SALLY!! ICH BIN HIER DRÜBEN!!! SAAAALLLLLYYYY!!!!!«

Die ROCK-STEADY-Typen hörten mich, aber sie unternahmen nichts. Sie waren viel zu sehr damit beschäftigt, beinhart und cool zu wirken. Sie starrten nur einen Moment zu mir rüber, warfen mir einen bösen Blick zu, dann wandten sie sich wieder ab und beobachteten Sally.

Sie rannte zu mir. Sie hüpfte und humpelte und zog ihren Rucksack und meine Tasche hinter sich her. Die ROCK-STEADY-Typen lachten. Sie johlten hinter ihr her und schüttelten ihre riesigen feisten Schädel. Aber Sally war es egal. Genau wie mir.

Ich fühlte mich so gut, dass ich glaubte, jeden Moment zu explodieren.

Ich konnte kaum atmen.

Meine Lunge platzte.

Mein Herz schwoll an wie ein Heißluftballon.

Sally rannte … sie *rannte*. Sie rannte zu mir. Zu *mir* – zu Keith Scully. Und sie lächelte – ein breites, irres, verrücktes Lächeln, das ihr Gesicht strahlen ließ und mir weiche Knie machte. Sie rannte … ich konnte es einfach nicht glauben. Sie rannte über die Wiese und winkte. Sie rannte zwischen den parkenden Autos hindurch … und für einen kurzen Moment glaubte ich, dass ich wieder mal träumte. Es war die Art von Traum, bei der jemand die ganze Zeit auf dich zu rennt … aber nie ankommt. Die

Gestalt rennt und rennt und rennt, für immer und ewig, aber sie kommt kein Stück näher.

Ich fing an nachzudenken.

Das ist doch alles zu schön, um wahr zu sein. Es ist immer alles zu schön, um wahr zu sein …

Aber dann war sie auf einmal da. Es war kein Traum. Sie war direkt vor meinen Augen. Sie humpelte durch den Schlamm und ließ die Taschen fallen. Sie lächelte, war außer Atem …

Und dann packte sie mich, drückte mich ganz fest an sich und danach weiß ich nur noch, wie wir auf dem Boden lagen, uns küssten und umarmten. Wir konnten überhaupt nicht mehr aufhören.

Puh! Mir wird schon wieder ganz heiß, wenn ich bloß daran denke. Und es *war* heiß. Fünf Minuten lang sagten wir kein Wort. Wir hielten uns nur fest, rollten auf dem Boden herum – ganz Lippen, Zungen und warme Körper.

Nichts anderes zählte mehr.

Nach einer Weile setzten wir uns beide auf. Sally sah umwerfend aus. Sie war mit Schlamm und Gras bedeckt. Ihre Haare waren überall und ihre Augen strahlten wild und hell. Ich musste sie einfach anstarren.

»Alles okay?«, fragte sie mit einem Grinsen.

Ich nickte.

»Ich bin Sally Mack«, sagte sie.

»Und ich Keith Scully«, erklärte ich.

Wir schüttelten die Hände und grinsten beide wie blöd.

Sally suchte nach einem Taschentuch und wischte mir ein bisschen Blut von der Nase.

»Danke«, sagte ich.

Sie lächelte wieder. »Willst du wissen, wer Sally Park ist?«

»Nicht wirklich. Soll *ich* dir von Kiefer Shelley erzählen?«

»Später vielleicht – komm her.«

Sie legte ihren Arm um meinen Körper und wir rollten wieder zurück auf den Boden.

Zum Reden kamen wir erst viel später. Während die Sonne langsam unterging und die Musik vom Festival durch den rot gefärbten Himmel schwebte, saßen wir nebeneinander und erzählten uns unsere Geschichten. Sally erzählte von Tante Rena, vom Last Stop Caff und wie sie für einen Tag zu Sally Park geworden war. Ich erzählte ihr alles über Danny und James, von der Zugfahrt aus der Hölle, dem Bus nach Nirgendwo und wie ich für einen Tag zu Kiefer Shelley geworden war.

Und alles war okay.

Nichts davon zählte. Es war schön, einfach dazusitzen und drüber zu reden. Zuzusehen, wie die Sonne unterging. Zu lachen. Auf die Musik zu hören.

Es war ganz einfach nur *schön*.

»Eine Schande, dass wir das alles verpassen«, sagte Sally und schaute hinüber zum Festival. »Spielen ein paar echt gute Bands heute Abend.«

»Hey«, sagte ich. Bis zu diesem Moment hatte ich überhaupt nicht mehr dran gedacht. »Ich hab doch immer noch meine *Rock Out*-Karten. Bis jetzt brauchte ich sie ja nicht.«

»Schön«, antwortete Sally. »Aber die werden uns doch garantiert nicht wieder reinlassen, oder? Selbst wenn wir Karten haben. Die haben uns vorhin rausgeworfen, erinnerst du dich? Die wissen genau, wer wir sind. Da lassen die uns doch jetzt nicht einfach wieder rein.«

»Ja, wahrscheinlich …«

»Es sei denn …«

Ich sah sie an. »Es sei denn was?«

Ein verrücktes Grinsen breitete sich in ihrem Gesicht aus. Sie schnappte sich ihren riesigen Rucksack und wühlte darin herum. Ich fing an zu singen – *I See You Baby* – und johlte vor mich hin wie ein Schwachkopf, während sie Teil um Teil aus dem Rucksack zog und auf den Boden warf. Ich konnte nicht glauben, was sie alles dabeihatte. Das war echt ein halbes Kaufhaus, was sie da aus dem Rucksack holte – Ohrstöpsel, Instant-Nudeln, ein Bügeleisen, ein riesiger Kosmetikbeutel, ein Glätteisen, eine Klorolle, ein Pyjama, ein Schlafsack, ein Kopfkissen ... vier Spitzentangas.

Als sie die Tangas aus dem Rucksack zog, sah sie mich an und zwinkerte.

»Später, Schätzchen ...«

Ich wurde rot.

Sie lachte, dann zog sie ihr T-Shirt aus und ließ mich noch roter werden.

»Hier«, sagte sie und warf mir das T-Shirt zu. »Zieh's über.«

Ich schaute sie an und versuchte, cool zu bleiben. »Äh ... was machst du?«

»Die Typen am Eingang«, antwortete sie. »Die wissen doch, wer wir sind, richtig? Die wissen genau, was wir anhaben.«

»Stimmt.«

»Das heißt, die halten nach einem super tollen Jungen in weißer Lederjacke und einem Wuschelkopf-Gothic-Girl in einem super funky T-Shirt Ausschau.«

»Ja ...«

Sie grinste. »Sie halten aber nicht nach einem Gothic-Boy in einem super funky T-Shirt und einer schicken Tussi in weißer Lederjacke und mit glatten Haaren Ausschau.«

Sie sah mich an. Ich lächelte.

»Zieh deine Sachen aus«, sagte sie. »Und gib mir mal das Glätteisen rüber.«

Keith Scully

Genau so musste es sein

Eine halbe Stunde später marschierten wir zusammen durch den Eingang. Wir hielten uns an den Händen und grinsten wie die Idioten. Der Abend war heiß und schwül und das Festival rockte. Wir spürten, wie die Musik in der Luft pulsierte. Wir fühlten uns gut, wir sahen gut aus. Wir sahen total verändert aus. Die Sicherheitsleute hatten keine Ahnung, wer wir waren.

»Kinderspiel«, flüsterte ich Sally zu, als wir die Karten vorzeigten.

»Mmmm …«, sagte sie, »… Kin … der … spiel …«

Sie sah super aus. Glatte Haare, teures Make-up, Lippenstift, hautenge Jeans. Sie hatte meine weiße Lederjacke saubergemacht und die ganzen Abzeichen entfernt. Sally trug die Jacke über einem hautengen kurzen Pyjama-Oberteil, das sie im Rucksack gefunden hatte. Sie sah absolut umwerfend aus. Ich konnte gar nicht aufhören, sie anzusehen.

Und sie musste immerzu mich ansehen.

Sie hatte mich mit Lippenstift, Wimperntusche

und spitzig abstehenden Haaren gestylt und ihr T-Shirt aufgetrennt, damit es mir perfekt passte.

»Du siehst geil aus«, sagte sie, während wir Richtung Bühne gingen.

»Du auch«, antwortete ich und gaffte sie wieder an. »Irgendwie anders, aber du bist trotzdem du, wenn du verstehst, was ich meine.«

»Du meinst, ich seh nicht wie Sally Park aus?«

»So hast du nie ausgesehen.«

»Und du nicht wie Kiefer Shelley – Gott sei Dank.«

Ich schaute sie an. »Was, glaubst du, wär passiert, wenn wir das nicht rausgefunden hätten? Ich meine, wenn ich immer noch glauben würde, du wärst Sally Park, und du würdest glauben, ich wär Kiefer Shelley? Was, glaubst, würden wir beide jetzt machen?«

Sie blieb stehen und sah mich an. Ihre Augen leuchteten wie der Mond. »Keine Ahnung, was wir jetzt gerade machen würden«, antwortete sie. »Aber ich bin ziemlich sicher, dass Sally und Kiefer nachher nicht das tun würden, was wir machen werden.«

»Wieso?«, fragte ich begriffsstutzig. »Was machen wir denn nachher?«

Sie lächelte mich an, dann beugte sie sich zu mir rüber und flüsterte mir ins Ohr.

Ihre Worte hauten mich um.

Ich wusste nicht, was ich antworten sollte, deshalb schwieg ich einfach. Ich stand nur da, grinste wie verrückt und versuchte cool zu wirken. Sally grinste kurz zurück. Dann küssten wir uns wieder, ganz sanft und zärtlich. Und sie nahm meine Hand und zog mich in Richtung Bühne.

Den Rest der Nacht waren wir absolut wir selbst. Und als es irgendwann Morgen wurde, wussten wir beide, genau so musste es sein.

Gespräch mit den Autoren

Was ist das Beste, wenn man gemeinsam ein Buch schreibt?
KB: Ich habe noch nie zuvor mit jemandem gemeinsam etwas geschrieben, insofern war es wirklich sehr aufregend (aber auch ein bisschen beängstigend!), dieses Buch hier mit Cathy zu schreiben. Das Beste für mich war, all das mit jemandem zu teilen, was das Schreiben eines Buches so besonders macht – die Ideen, die Probleme, die Überraschungen, die Erregung und – vor allem – das Wunder, woher das Ganze kommt.

Und das Schlimmste?
KB: Den andern sehen zu lassen, was du schreibst – das ist entsetzlich!
CF: Auf das nächste Stück der Geschichte zu warten, das von Kev kommen würde, während ich eigentlich unbedingt wissen wollte, wie es weiterging, und versucht war, gleich selbst weiterzuschreiben.

Wie schreiben Sie normalerweise ein Buch?
CF: Normalerweise schreibe ich immer weiter, bis die Geschichte zu Ende ist. Ich diskutiere nie, nie mit je-

mandem über das, was ich schreibe, bevor ich die erste Fassung fertig habe, oder zeige jemandem vorher was. (Hauptsächlich, weil ich, bevor ich fertig bin, immer denke, alles, was ich zu Papier bringe, ist völliger Quatsch.)

Und inwieweit unterscheidet es sich, mit jemand anderem zusammen zu schreiben?
CF: Mit Kev zusammen zu schreiben, bedeutete, dass er den Quatsch – also die Geschichte – Kapitel für Kapitel sah.

In welcher Form haben Sie zusammengearbeitet – persönlich, per Telefon, über E-Mail?
KB: Ehrlich gesagt, in einer Mischung aus allem. Am Anfang haben wir uns ein paar Mal getroffen und erarbeitet, worum es in der Geschichte gehen sollte. Danach haben wir getrennt angefangen zu schreiben, aber wir waren immer über Telefon und E-Mail in Kontakt, haben uns zugeschickt, was wir gemacht hatten, die Sachen diskutiert, Dinge geändert, auf den neuesten Stand gebracht und so weiter.

Irgendein Tratsch/Streit, von dem wir wissen sollten?
KB: Überhaupt nichts, ehrlich! Wir kommen gut miteinander klar und haben sehr ähnliche Ansätze, sowohl was das Schreiben angeht, als auch in Bezug auf das Leben selbst. Außerdem sind wir beide viel zu nett, um uns zu

streiten. Na ja, Cathy jedenfalls ... ich bin nur einfach zu schmächtig.

Ist das Buch so geworden, wie Sie es sich vorgestellt haben?
KB: Ja und nein. Ich glaube, wir beide wussten, was für eine Art von Geschichte wir schreiben wollten, und wir waren beide einigermaßen zuversichtlich, dass wir etwas zusammen schaffen könnten, doch als wir anfingen zu schreiben und die Figuren langsam zum Leben erwachten, war das geradezu erstaunlich. Die Geschichte verlangte ihr eigenes Leben und die Figuren schienen ganz einfach miteinander zu wachsen, fast jenseits unserer Kontrolle, und am Ende des Buchs wussten wir, glaube ich, beide, dass die Geschichte Keith und Sally gehörte – nicht uns. Und das war fantastisch.

Warum haben Sie beschlossen, zusammenzuarbeiten?
CF: Wir haben nicht von uns aus gesagt, wir wollen zusammenarbeiten. Anna Gibbons vom Verlag Barrington Stoke hat uns irgendwann dazu genötigt und wir hatten zu viel Angst, ihr zu widersprechen!

Finden Sie es besser, zusammenzuarbeiten oder allein zu schreiben?
KB: Ich bin sicher, dass Cathy – und jeder andere Autor der Welt – mir zustimmen würde, dass Bücherschreiben im Grunde etwas ist, was man allein macht. Sobald eine

Geschichte geschrieben und veröffentlicht ist, wird sie zu etwas, dass man mit allen teilt, aber der eigentliche Vorgang des Schreibens ist etwas sehr Persönliches und Privates. Das heißt, auch wenn es wirklich Spaß gemacht hat, dieses Buch mit Cathy zu schreiben – und ich mich freuen würde, es irgendwann noch mal zu tun –, muss ich doch sagen, dass ich trotz allem vorziehe, allein zu schreiben. Und ich muss natürlich auch sagen, dass Ihre Frage sehr unfair ist!

CF: Die kurze Antwort lautet: lieber allein. Und doch muss ich sagen, nach der Erfahrung mit Kev würde ich gern noch mal mit ihm zusammen ein Buch schreiben. Ich bin wirklich glücklich, wie *I see you Baby …* geworden ist, und mir gefällt das Happy End, das Kev geschrieben hat. Ich glaube, ich könnte mit niemand anderem auf die gleiche Weise zusammenarbeiten. Er ist einfach ein großartiger Typ!

KEVIN BROOKS
JOHNNY DELGADO
THRILLER
IM FREIEN FALL
dtv
SHORT

KEVIN BROOKS
FINN BLACK
DER FALSCHE DEAL
THRILLER
dtv
SHORT

CHRIS BRADFORD
DAS LETZTE LEVEL
dtv
SHORT

ALLE LIEBEN GEORGE*
Frank Cottrell Boyce
*Keiner weiß wieso
dtv
SHORT

SUSANNE MISCHKE
Winterküsse in New York
dtv
SHORT

DORIS DÖRRIE
In einem fremden Wald
dtv
SHORT